I　那些不成線索的線索

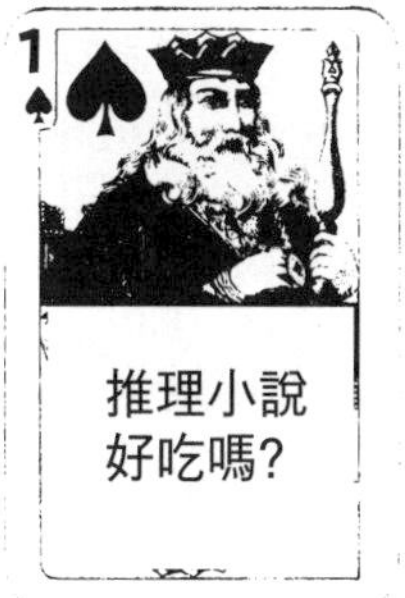
1
推理小說
好吃嗎?

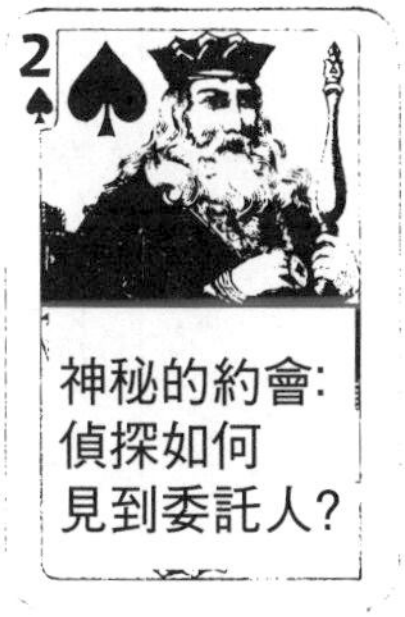
2
神秘的約會:
偵探如何
見到委託人?

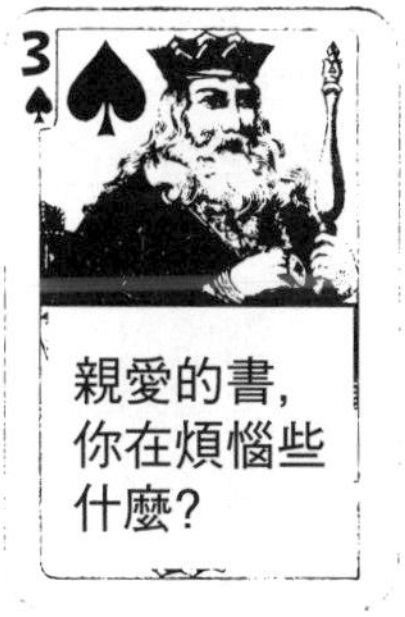
3
親愛的書,
你在煩惱些
什麼?

阿嘉莎・克莉絲蒂筆下最常出現的專業與業餘偵探：

擔任偵探的人物名字	特徵與趣事	代表作舉例	備註
白羅	沉迷於自己的美鬍，曾是比利時難民。但經常被當作其他國家的人而受到輕蔑。	《東方快車謀殺案》《謝幕》（完結篇）	業餘的嗜好似乎是紅娘，破案時會小心不犧牲「有情人終成眷屬」的理想。
瑪波小姐	阿嘉莎本人非常喜歡的角色。經常用誘補的方式令兇手現身。有她出現的系列，又暱稱為「阿婆探案」。	《謀殺啟事》《死亡不長眠》	緊急情況下瑪波小姐會使用「腹語術」嚇兇手——特具聲音表演天份。
杜品絲／兩便士／陶品斯絲與她的丈夫湯米	夫妻檔。	《隱身魔鬼》《顫刺的預兆》	在阿嘉莎筆下從二十出頭寫到白頭。又稱「鴛鴦神探」。
奧立薇夫人	推理小說家，但似乎不具有很強的推理能力。也是白羅的好友。對彼此的缺點非常清楚，總是彼此忍耐。	《弄假成真》《萬聖節派對》	偶爾對話中會出現「如何寫推理小說呢？」的主題，但在現實生活中似乎無法有條有理地敘述事情。

其他出現在書中的作家與他們的偵探：

作家	偵探	特徵或備註
勞倫斯・卜洛克	馬修・史卡德	與酗酒習慣奮戰的偵探。
達許・漢密特	山姆・史貝德	漢密特曾與福克納論推理。（兩人意見不同）
G·K·切斯特頓（卻斯特頓）	布朗神父	布朗神父探案曾多次搬上螢幕，最新的BBC版本，飾演布朗神父的演員為《哈利波特》系列飾演亞瑟·衛斯理的馬克・威廉斯。與原著最大的不同是，原著說布朗神父很矮小，威廉斯卻相當高大。是個大膽成功的改動。

II 八種口味的推理

4♥ 驚嚇最強大
羅斯．麥唐諾的《寒顫》
以達文西的優雅畫風，畫哥雅的惡夢主題

5♥ 工作最重點
梅西．米勒的《女演員之死》
前所未見的娛樂版

6♥ 性愛最悲哀
達許．漢密特的《馬爾他之鷹》
獨特性癖與偵探工作結合在一起了

7♥ 風土最濃郁
橫溝正史的《獄門島》
做為「戰後那一年的書寫」，也另有價值。

8♥ 兒童最強棒
江戶川亂步的《怪人二十面向》
在成人與兒童之間，搭起了美妙的橋樑。

9♥ 生活最優雅
喬治．西默農的《我的探長朋友》
偵探的藝術，是生活的藝術。

10♥ 哲理最快樂
G.K.切斯特頓的《布朗神父的天真》
故事應該激發想像。

11♥ 神經最淒美
吉姆．湯普遜的《親愛的，天黑以後再說吧》
任何「正常人」都難以發明的謎與詭計

給12星座的推理備忘

IV 推理評論的可能性

III 克莉斯蒂面面觀——輕柔的批判力

美國女偵探鐵三角：

作家與網路資料	作家的封號	偵探的名字	偵特的特徵	備註
梅西・米勒 http://www. marciamuller.com/	開山之母（美國冷硬派女偵探）	秀蘭（秀蘭・麥康）	八分之一的印弟安原住民血統。對手下非常有愛心。	米勒曾經為了試驗用腳趾頭開槍的可能性而險些送命。
蘇・葛拉芙頓 http://www. suegrafton.com/	字母天后	梅芳（金絲・梅芳）	經常慢跑、愛吃垃圾食物、學過西班牙文。	作品擁有26種語言版本，其中包括印尼文。
莎拉・派瑞斯基/莎拉・派瑞特斯基 http://www. saraparetsky.com/	白領犯罪專家　人權鬥士	暱稱「維兒」華莎斯基或瓦夏斯基（V·I·華莎斯基）	律師轉任偵探，擅長回嘴。	《名偵探柯南》中灰原哀的「哀」字，是向派瑞斯基的女偵探，通常中文沒被譯出的中間名I致意。

晚間娛樂

張亦絢——著

目次

輯三 阿嘉莎・克莉斯蒂：輕柔的批判力

輯四　推理評論的可能性

輯一

那些不成線索的線索

在《八百萬種死法》裡，與委託人見面，就被當成隆重的一幕，占據整整第一章以及第二章前半。之所以不吝筆墨，倒不是勞倫斯・卜洛克有狂寫癖——在結構上，這既有必要又有美感。因為偵探與委託人見這麼一面後，「事情有了變化」——這個人生稍縱即逝的慨嘆，是這部作品一再拜訪的主題旋律。

1 推理小說好吃嗎？

如果不是為了讓凶手在餐飲中下毒，推理小說有何必要——要一再提起食物？也許完全在某些讀者的意料之外：食物在推理小說中，並不一定被用來進行謀殺。小說中充斥著不能致人於死的食物，它們無辜又無害，難道功能只是——讓讀者的肚子咕咕叫？

「要為警察準備食物嗎？」——《私家病人》中，度假型莊園醫院（我們可能比較難理解莊園一詞在英國社會中的階級意涵，大宅一詞也許可以做為補充）中的廚師困惑地問他們的管家。這是個實際的問題，也呼應小說對社會階級的批判性刻畫。警察可是官可是民，階級屬性是曖昧的。

羅賓·波伊頓這個角色，經常可以觸動這方面的敏感神經：他的階級地位也不明確。這令他與其他人都尷尬。而這是透過吃東西一事反映出來的。不像女記者朗妲以其經濟能力，可以買得「莊園階級的待遇」，羅賓的階級屬性按他的理解力，只能依賴遺囑的內容：如果他在祖父的遺囑中有份，他多多少少，可以跟任職於莊園中的表兄弟姊妹平起平坐；如果他被剔除於遺囑之外，他從母親那裡繼承了被逐出家門的貶抑身分，使他到了莊園，也不得其門而入，他住在給訪客住的周邊小木屋（玫瑰小屋），一個對莊園可望卻不可即的所在——除了抱怨租金有點貴，他也抱怨那「連吃的東西都沒有」。他描述莊園給朗妲聽時，說「聽說餐飲很棒，只不過從來沒有人邀請我去吃一頓。」等到因為謀殺案，他與莊園所有權者醫生碰到面，醫生問他「吃過午飯了嗎？」，並說廚師夫婦可以幫他準備吃的——羅賓的失態與失控，是我記憶中推理小說描述中，最為慘傷的一段。「當然還沒。我住玫瑰小屋的時候，你們哪一次供過餐了？誰要你們該死的食物，別想給我施捨！」（頁142）——原來他並沒有那麼在乎食物。或者說，羅賓在乎食物象徵的種種（免於飢餓、被接受的安全感、與人連結的感情需求）到了極端神經質的程度——本可以用「吃過沒吃過」回答的Yes or No問題，引發了他情緒上的山洪爆發。整部小說沒有一句說到羅賓小時候餓過。但如果他七歲喪母，父親也未負起養家的責任，做為孤兒的實質感受，最可能，就是半飢半飽的痛苦。

羅賓的忿忿不平太誇張了嗎？但是莊園裡的生活，為了食物而組織的架勢，確實不同凡響。廚師夫婦來應徵時，只是用來招待他們的茶點就包括「一盤三明治、附奶油與果醬的司康餅與水果蛋糕」。這或許比推理小說中，某些偵探們的正餐，都來得豐富了。史卡德酒癮很大，但似乎胃口不好。卜洛克為偵探史卡德寫過最複雜的菜名，恐怕就是中國餐廳裡的「豬肉蔬菜炒飯」了。其餘千篇一律的三明治偶爾點綴熱狗。三明治是什麼三明治？出現過燻牛肉口味。有醃黃瓜或番茄切片夾在裡面嗎？

同樣以低分過關姿態，對待食物的蘇．葛拉芙頓，處理起三明治，可就繁複多了。但是鐵三角中的女偵探負有顛覆性別角色的任務，很少會在書中以賢妻良母之姿下廚。那麼食物怎麼冒出來？「不知何故，在我的工作中，似乎會花上很多時間在一旁看男人製作三明治。」葛拉芙頓筆下的金絲．梅芳調查案件時，被調查的人似乎都會肚子餓，而餓肚子的男人會一邊說話一邊走到廚房去做三明治。他們的廚藝往往比梅芳高明，而梅芳也不太女性化地要求來一份吃吃。她會動口不動手，滿口稱讚，恰似傳統男性扮演的角色。「當肉在鍋裡煎之時，他將厚厚的美乃滋擠到一片麵包上，另一片則放上芥末醬。」——用吐司與波隆納香腸做成的三明治，真要與史卡德的相比，除了前者明寫出的高油高脂，在內容物上，兩者也許都是不相上下的簡單。但葛拉夫頓三明治顯然是熱騰騰的——史卡德的餅乾，似乎都還比他的三明治來得有滋味。我們知道他去戒酒聚會吃的餅乾，有時是燕麥口味，有時是巧克力——至於三明治的滋味，史卡德既不誇讚，也不抱怨。

史卡德的三明治似乎是形而上的——如果不說無嗅無味。他對食物沒有深愛，除了酒之外。本身是嚴重酗酒者的莒哈斯，認為酗酒是靈性的問題，越是追求精神生活，越有可能酗酒。她說，普羅階級比中產階級更有靈性，所以酗酒狀況更嚴重。

雖然許多推理小說中的偵探都說他們草草打發一餐，但就算草草，也還是有很多種草草。史卡德住在旅館，想必沒有廚房。金絲梅芳住在車庫改建的房子，前男友來拜訪她時，往往會負起為她填滿冰箱的任務。她的房東從前是個麵包師傅，時不時會做吃的送到她家。梅芳有個匈牙利好友（？）蘿西開餐廳——她倆主要的交流，似乎就是蘿西為梅芳決定吃什麼，而且不容她反抗——這應該會令許多人想起母女關係中的對抗與施受。奇妙的是，經常反抗溫情的梅芳，卻喜歡配合蘿西的蠻橫。「我有道菜非常適合妳。是豬肝片加香腸與大蒜醃瓜，再和培根一起煮。另外，我會幫妳做蘋果皺葉甘蘭沙拉加香脆的小麵包。」蘿西報出的菜單，唸起來滿像咒語。我對匈牙利美食並無不敬——但我不知道這些作料在現實中是否行得通。然而如同辦家家酒似天馬行空的菜式，往往無端更引發我的食欲。

派瑞斯基的女偵探華莎斯基會「用前一夜吃剩的雞肉做三明治」、「用洋蔥和菠菜泥做一個餡餅」（令我心中滿溢讚賞與崇拜之情），也會「將豆腐放進鍋子和菠菜、蘑菇煸炒，和手槍一起端到客廳」。——華莎斯基認為健康食品就是豆腐與菜蔬。她外食，但也是個自煮派。這裡可能包含有意無意的教育功能與階級認同——高檔精品與高檔美食的炫富功能，可能導致受薪與工人階級非理性的消費渴望，它其實是壓迫的手段，或就是壓迫。真正優雅的食物法則，應該是實際、能增進弱勢族群對自己生活的掌控，而非相反。曾聽過以類似概念，增進兒童權益的說法。提倡教導少男少女簡易美食烹飪，不是因應未來在家庭中的家政分配，而是使少男少女，此時此刻就能獨立與自理。自己的晚餐自己煮，掌廚是掌權，也是掌平等。

意識型態的衝突，當然也會在進餐時加劇。在自命溫拿的前夫面前，與魯蛇情同姊妹兄弟的華莎斯基大啖高膽固醇食物，果然引發養尊處優的前夫鄙視反應。前夫問餐廳有沒有新鮮水果？他點菜時這樣說的：「我要草莓配優格，還有什錦果麥，脫脂牛奶配麥片」，令女服務生頗上火氣。華莎斯基還交代了，餐廳從前並不供應這種餐點，是因為「他這種人」搬到了這一區，才做了改變。——講求養生，但時髦被看成刻意的階級傲慢，是矯情，也是自命不凡。在派瑞斯基的邏輯裡，健康很重要，但階級認同與團結，似乎又在健康之上。

這套有上流派頭的早餐，我第一次吃到，卻是在德國的青年旅館，或許草莓的位子給了其他水果。青年旅館的早餐一向是平民風，如果沒有推理小說的上下文，光看餐點內容，不見得看得出餐點的文化階級意涵。德國的什錦果麥令我印象深刻，好吃好弄，泡在牛奶裡吃。吃果麥是奢華嗎？我算過。一包果麥如果吃二十回，一碗單價大概十五到二十元。假如是到早餐店買三明治，只比價，果麥未必較有身價。最圖的是它包山包海，澱粉、蛋白質、水果與纖維質都到齊。比麥片類有嚼勁，又不像麵包類得注意新鮮，有些早上容易嘴淡又沒胃口，果麥就會是我的好朋友——喜歡果麥甚於穀片的原因是，果麥的甜來自果乾，不像穀片有時是全面性的糖。果麥有種介於成人（不甜）與兒童（泡牛奶）間的氣質，它的奢華形象與它的外地性或罕見性或許比較有關，而不見得因為它本身價位。

傲人早餐菜單中的草莓，可能比其他項目來得關鍵。我記憶中有一段找不到出處的描述，美國的偵探在吃到草莓時，會有一份警覺，因為在某個年代，草莓是空運到美國的，偵探吃到草莓，馬上會推理當事人花錢大手大腳，因而考慮起虧空等財務糾紛或債務可能是犯罪動機。食物的形象，會因時因地改變，除了少數文化研究者或歷史學家，這份日常記憶比我們想像的容易流失。當阿嘉莎・克莉斯蒂寫一部背景在埃及古代的小說時，她特別去請教專家的問題就是，那個時代的人，他們吃什麼？雖然推理小說是個有名的類型，擁有一批熱心嚴肅的讀者，會去信小說家，糾正各種細節的錯誤，但是除了滿足有寫實癖的讀者外，克莉斯蒂的考究，應該還告訴我們另一件事。那就是，在跨時代或跨文化的環境裡，有關食物的知識，並不容易憑空捏造。尤其在更遙遠的過去，貿易與交通的區域局限仍存在，推理小說家在餐桌上犯的錯誤，一旦被追查，錯誤可能顯得很誇張。

「請跟廚師說我要清燉肉湯、扇貝佐防風草泥、菠菜加女爵芋泥，最後再上檸檬冰糕，另外還要一杯冰涼的白酒……」這個點菜儀式出自在醫療體系中有實際經驗的P.D.詹姆絲，這是先前小孤兒羅賓久仰，但到小說結束都看不到一眼的菜單。不同於美國鐵三角寫到食物時，多少指向生活的樂趣，詹姆斯寫點菜，帶有階級內奸的性質。——就是洩漏讓讀者知道，高檔餐飲並沒有多神祕。羅賓的合夥人這樣描述他和羅賓的生意：「開班傳授不想每次招待上司或帶女友到高級餐廳吃飯都會出糗的新富階級或野心家一些社交禮儀，這是羅賓的主意。」

本格派到幾乎從不寫一個好笑句子的詹姆絲，在這時，如哈雷彗星拜訪地球般地給了我們她難得一見的幽默感：

英印（印度）混血的巡佐班頓問道：「我以為有錢人不會在意這些，他們不是都自創規則？」

班頓看起來像個印度人，我們從羅賓對他的言語攻擊中得知的。詹姆絲時不時帶到這個議題，那就是種族歧視固然在英國受到批評與改正，但是從階級的角度，有一群緊抱傳統價值的英國白人，從勞工階級融入中產階級，「從來沒有哪個具備社會關懷的營利事業或心理機構，從匱乏或貧窮的角度，分析或免除他們的不如人感。」了解這個問題的朗妲，也不打算在記者生涯中撥出心力給這個群體，十六歲就開始端盤子的朗妲，最想要的就是擺脫她的原生族群。

因為父母相愛甚深，且有對印度的愛做為情感後援，比較是有印度臉而非印度認同的班頓，對父母與印度反而有某種良性疏離。我們看到，他對羅賓的挑釁不為所動，展現出的平和與自制，顯示他是一個受到適度保護的成人。或許關鍵並不在於英國社會政策更看重提高種族自尊，而是班頓屬於《大亨小傳》中主述者的那種背景，我們可以想像班頓的父親一樣會給班頓這樣的教誨：「當你要開口批評別人時，不要忘記，不是每個人都像你一樣占盡便宜。」根據班頓的自述，他與自己的女友是「不管再怎麼努力，都無法甩掉身上那種受過良好教育的氣質。」

如果我們貼近詹姆絲思考的脈絡，社會不平等的結構不完全來自種族或財富累積的能力，還存在一個較難分析的元素，姑且成為「父母職能高低」。啟動這個元素的人物未必是血緣上的父母，我們知道買下莊園的喬治醫生，更受惠於其祖父，但不只是受惠於祖父經濟優渥，祖父也是「高職能父母」，他「幫喬治支付昂貴的學費」的另一面就是，「能屈就博恩茅斯的頂樓大廈」。有錢並不夠，這個人要願意犧牲自己的某些享受把錢用在孩子身上——享受是無盡的，擁有高職能父母真正意味地是，在生命中擁有某個能為你的未來，節制自己欲望的人。朗妲的酒鬼父親雖然給她充滿羞恥感的童年，但仍在她離家後，「每週寄來五英鎊的支票」。詹姆絲毫不留情地寫出羅賓身上的無教養弱勢，他雖然也有闊綽的外祖父，但在生前不認他。他的起點不是父母職能的高與低，如同喬治與朗妲的差異，而是連起點都闕如——他和朗妲吃飯都由朗妲買單，這很容易被看作人品有問題。但是如果了解兩人的成長背景，朗妲確實扮演著不自覺的代理父母，且因為她本身擁有的父母職能也偏低，她的付出帶有承襲而來的省儉性格——不是從物質，而是從感情的角度而言。羅賓可以說在延長他的童年期，但之所以延長，原因就在於在主客觀上，他還未得到基本滿足。對吃食計較、怕吃不到東西——這是非常原始的兒童行為。

我們知道班頓巡佐會「在諾丁頓的農夫市集買菜」，在追求女友時，也覺得精心挑選的餐廳貴得吃不消，但他會「自己下廚討她歡心」。他盡孝道的方式，也是為父母煮一頓飯。雖然小說沒有寫出菜色，但這是一個對自己廚藝有信心的男人。詹姆絲似乎有一種信念，均衡的人不會忽略食物，但傾向容易滿足：班頓會記得華倫警官早上帶來的「六個鮮美多汁的康瓦耳餡餅，味道一級棒」。雷娜女士，一個內在優雅的兒少更生人監護人，她說的每一句話，幾乎都展現了可靠的父母職能特性，而她出現時的第一句話，是回答凱特巡佐旅途是否愉快——雷娜女士這樣說：「我坐靠窗的位置，沒有小孩吵鬧或是劈哩啪啦愛講手機的人。餐車的培根三明治很新鮮，景色很美，對我來說是趟舒適的旅程。」

我想，我應該不是唯一一個在「培根三明治讚美詩」之前，感到驚奇的讀者。如果讓我選擇，我覺得，餐車的培根三明治，遠比會誘發某些人嚴重匱乏感的莊園餐，要可口多了。

儘管各家推理小說批判社會的力道與深度不一，但除了極少數例外，我們可以說，許多推理小說家擁有某種「知足常樂」的天賦與興趣。在搜捕罪犯的同時，他們也熱心介紹各種不求聞達、無入而不自得的身影。貪心是許多謀殺案的遠因。當梅西．米勒描寫某位女士「低頭看著她的沙拉，開始用叉子在盤子裡挖掘，彷彿可以在明蝦和生菜中找到某種東西，來緩和她尚未痊癒的傷口……」——不能被填滿的空虛歷歷在目，凶手或許就在不遠處。

悲哀、沮喪或痛苦的人，有可能藉著食物得到救贖。在車禍中喪失兒子的父親，因為能做出令人垂涎的三明治，甚至與前來調查的女偵探分享（沒錯！又是金絲．梅芳那傢伙，那麼樣地有口福。），可說是療癒心傷的第一步——這個描寫和解的段落，食物不是背景而是角色。

解釋階級的印記或散播享受生命的態度——這一類食物在推理小說中的任務，通常並不明顯。食物在推理小說中較突出的角色，恐怕還是它的喜劇性格。當然，在陰鬱的小說中，就連食物也顯得慘傷與悽厲，下面這個出色的例子出自《眼中的獵物》這本書：「鬆糕嘗起來有如橡皮，裡面的藍莓看起來像隻被打扁的紫色蒼蠅。」——可憐的藍莓，我不知道有什麼其他水果在推理小說中，享有比它更糟的聲名。從法醫莫拉系列改編成電視影集的《妙女神探》，其中有一集，狙擊手射擊完後，在現場還留下藍莓鬆餅的嘔吐物，除了顯示凶手在開槍後噁心到吐，還表示凶手殺人前吃過藍莓鬆餅。又是藍莓！藍莓造了什麼孽！

但是我個人頗相信，在影集《妙女神探》這個例子中，編劇很可能無意識受到阿嘉莎．克莉斯蒂的影響。克莉斯蒂有個短篇寫過，就是因為餐廳女服務生，提起某位常客改變了用餐習慣，而引起偵探白羅的疑心。黑莓在這一篇中扮演了搶眼的角色。推理迷的腦海恐怕都很難揮去這個有趣的小故事，而「莓果類」也因此，較大部分的水果來得有犯罪氣質。

蘋果也曾在謀殺中插上一腳，導致本來愛吃蘋果的克莉斯蒂筆下的推理作家奧立佛夫人，難過到改吃棗子。詹姆絲的小說寫謀殺後，廚師不敢上燉肉，管家說：「豌豆湯很好，熱騰騰，營養又有安撫作用，而且有現成高湯……食物盡量簡單好嗎？我們可不希望看起來像教會的秋收祭。……」這種段落是詹姆絲學不來克莉斯蒂的地方。克莉斯蒂最難學的不是她的詭計，而是她的嘲諷──「知識份子都很容易肚子餓」──有次她這樣寫道。克莉斯蒂的嘲諷，效果往往深到，我總是要用肚子笑，她尤其知道要簡潔。詹姆絲終歸是不能寫喜劇的，這不一定是缺點。我第一次讀到《謀殺之心》時，簡直快樂到不行，雖然整本小說，連一個笑點也沒有。如果是克莉斯蒂，她絕沒有那麼容易放過豌豆湯……。好笑總是需要一點安那其的。詹姆絲是個有使命感的作家，克莉斯蒂也是，可是後者的靈魂比較安那其。

這種安那其是卻斯特頓（G. K. Chesterton, 1874-1936）式的，他筆下的偵探布朗神父不常在吃東西，但他的臉長得就像「……一顆諾克斯糰子」──根據注釋，那是一種裡面不帶餡料的湯圓。有時也被譯為水餃。「把警察做成香腸」──他的一個人物這樣喊道。在〈藍色十字架〉中，布朗神父光用調味品就可以識破身旁人是否偽裝：「一般人要是喝到咖啡裡加的是鹽，通常都會鬧起來；如果不鬧的話，想必有什麼不能鬧的理由。」卻斯特頓實在是太細膩了。這時，派瑞斯基的粗野就有著另一種令人驚愕的風情，讀到「……我受不了再用威士忌配花生醬打發晚餐……」——我被激到立刻從心底回嘴：我也受不了！光用讀的，我也受不了啊。

偵探誇張的飲食惡習，除了回應我早先說的用食物搞笑的詼諧功能，它也幫助讀者放鬆。就像喜劇裡屢試不爽的跌倒或撞到，它沒深度沒內容，但偵探在進食選擇上或過程中的憂煩或亂來，回應的，不過是讀者都會有的生活經驗——那些磕磕絆絆。

除非是有飲食問題如厭食症，對一般人而言，光是食物的名稱或是在場，就能喚起安定與溫暖的情緒。推理小說，似乎視作者有多強的撫慰讀者傾向，會決定食物占篇幅的分量。克莉斯蒂的《隱身魔鬼》，一本典型撫慰性大於一切的作品。小說開始沒多久，兩個主角對大快朵頤的熱烈程度，幾乎就表示了，這個故事不可能太淒涼。這個我定義為克莉斯蒂最餓鬼的一本小說，也反應了特定的歷史時空背景：戰時的節衣縮食與戰後的尚無著落。但是兩個主角點菜的興致，顯示了生機勃勃。

最後，下面三個例子分別示範了如何運用食物出現的場景，融入個別作者特殊的懷抱，這些都是拿掉之後，完全不影響破案與否的旁枝，然而卻可以使我們一窺此類型的寫作，容納了多麼豐富的風格與筆法：

派瑞斯基不懈地進行日常生活性別政治的分析，這是小說化的女性主義批評：

……吃了幾口之後，我不得不承認——只在內心承認，吃東西真的能讓人覺得生命美好一點。牛排煎得恰到好處，褐色外層焦脆，內層仍是紅的。他用蒜頭爆香煎了一些菜，也沒忘掉我的飲食習慣，帶來一盤沙拉。他很會烹調簡單的菜式，全是鰥夫生涯中當成嗜好練成的本領。他太太在世的時候，他除了進廚房拿啤酒，從來不曾下廚。（頁171-172）

——《暗紅殺機》

葛拉夫頓利用這種橋段，發揮混合了誇大與微妙的反諷：

……為了確保食物種類的多樣化，我購買了幾種不同的漢堡：麥香堡和大吉事漢堡。我還買了兩種分量大小不同的薯條、洋蔥圈，以及分量大到足以讓我們每隔二十分鐘就想去上一次廁所的大杯可樂。我還買了三盒有漂亮繩線提把的動物餅乾。

（頁280）

——《法外正義》

坂口安吾的寫作，則近於歷史性的社會經濟調查，不無報導文學的政治性：

……明治二十年左右的平均每日工資……工資最高的是洋裁師傅，一天四十錢。……貧民窟……好一點的剩飯一百二十泉（譯注：泉，重量單位，約3.75克）一錢，燒焦的一百七十泉一錢，剩菜一人一度分一厘……平均一人吃剩要花費六錢……（頁209）

——〈時鐘館的祕密〉，收於《明治開化安吾捕物帖》

2 神祕的約會：偵探如何見到委託人？

偵探不會走路就踢到屍體，如果不是協助警方辦案的故事，在調查展開之前，往往會有「與委託人見面」一節。這個開場是個老套，但如果寫得獨到，馬上令人印象深刻。

在《暗紅殺機》裡面，莎拉．派瑞斯基（Sara Paretsky）直到第三章才讓這一節成形。她用第一章讓我們知道二十五歲委託人卡洛琳有個命在旦夕的母親，她和偵探維兒[1]之間，存有雙重緊張關係。因為卡洛琳是維兒青少女期間甩不掉的跟屁蟲；而且她還控訴維兒「眼睛長在頭頂上，跑到北岸，不管鄉親死活」——維兒毫不遲疑地還擊她——這段對話，最主要是讓故事所在地，南芝加哥的形象更鮮明：它不只市容破敗，對在地人來說，南芝加哥還被外移出去的昨日同鄉人鄙視。——它是一個被遺棄的所在地。留在那裡的人有其自尊、倔強與憤怒，離開它的人，也不是沒有情緒。

這既是南芝加哥的特殊性，又具有放諸四海的普遍性：我們不需要是南芝加哥人，也會半自動地對照起自己的城鄉移入移出經驗——我們自己的理直氣壯或是愧疚縈懷。小說第一句就以該城的氣味開始，但這可不是普魯斯特的瑪德蓮甜點香，而是化學臭氣——如果一個作家選擇雲林六輕工業區做為小說開始，我們有理由相信，她的關懷視角非常可能，有其獨到之處。

第二章時，兩家人的過去浮現：他們是又被社區排斥又互相扶持的兩家人。維兒照料過年幼的卡洛琳，因為卡洛琳的母親露意沙在工廠上夜班，未婚產女的露意沙被趕出家門，維兒的父母是唯一維護她的人。維兒在她病床前與她敘舊，她談到兩個一度互有好感的男人，但我們還不覺得那有多麼重要，只以為這是那種願意與朋友分享的「自己的花邊新聞」。

第三章時，卡洛琳對維兒提出要委託她的要求：她想找出誰是她的親生父親。維

1 維兒是華莎斯基的小名。華莎斯基：前章用威士忌配花生醬者也。

兒在考慮推辭或接下的中間，南西來拜訪卡洛琳，很快地帶出卡洛琳身處的NGO圈與南芝加哥的關係：她們想在南芝加哥開創有助環保的工廠，某種綠工業。但是儘管環保署的律師，認為她們的文件優越，她們卻沒有頭緒，如何查證政商「高層」是何方勢力，正在暗中阻撓她們。

第三章結束前，維兒答應卡洛琳幫她尋找生父。——整體而言，這個開場的戲劇化與懸疑性都不是非常高，但是從維兒一再指責卡洛琳做事不乾不脆，喜歡操縱人——派瑞斯基仍然建立了一個引人入勝的要素：偵探會不會被自己的委託人耍？在這個例子中，「與委託人見面」的意象並非十分突出，但也絕非泛泛寫過。在我們的腦海中，這裡的畫面感並不強烈，派瑞斯基並不利用這一節做為華麗的序場，她只是把它當成劇情發展的環節，在順時間延展的過程裡，非常經濟地把讀者所需要的背景資訊，不著痕跡地帶出。但一個未必值得信任的委託人躍然紙上，仍構成對我們的誘惑——也就是懸疑的魅力。

在梅西・米勒的《殺戮時刻》中，委託人也從偵探過去的歷史冒出來：這個系列的名偵探秀蘭，十五年前，就在校園裡認識這個行蹤不定綽號叫「箱子」的男人，但是他們的一夜情並不是最能打動我們的事項，而是箱子高登目前的職業與心理狀態。這個美其名為調解紛爭的專家，受聘於瀕危大企業，專司大規模解僱的高登，稱自己的工作為「大屠殺」。該人職業的罕見性與秀蘭說了「你變了」一句之後，小說會如何評價此人？這是什麼樣的人？他是怎麼變成的？這是一個外於犯罪或謀殺，委託人本身的爭議性拉緊懸疑的例子。雖然高登希望秀蘭調查，誰想置他於死地，但是老實說，我們讀者更希望，秀蘭徹徹底底地調查高登本人。

除了委託人是偵探生命中的人之外，委託人更常是陌生人。在《八百萬種死法》裡，與委託人見面，就被當成隆重的一幕，占據整整第一章以及第二章前半。之所以不吝筆墨，倒不是勞倫斯．卜洛克有狂寫癖——在結構上，這既有必要又有美感。因為偵探與委託人見這麼一面後，「事情有了變化」——這個人生稍縱即逝的慨嘆，是這部作品一再拜訪的主題旋律。做為文體家，卜洛克以極其細膩的節奏與筆法，將「會面」寫成人生的某種縮影。先前說的委託人的不可靠性與爭議性也包裹在這一幕中：琴．達科能是想要退出妓女生涯的妓女，她交辦給偵探的任務不是典型的「犯罪事件」，而是她自己不敢跟她的皮條客開口說，她想退出賣淫行列。她要拜託馬修．史卡德。

馬修．史卡德不諱言他在琴身上感覺到的東西：天真又有心機，能得人緣獎又膽小如鼠。這部小說共三十四章，開頭第一句是「我看到她進來」（這使我幾乎想要票選推理小說最美又最短的句子排行）——我會建議這部小說的某種讀法，就是把所有其他人怎麼看琴．達科能與馬修．史卡德怎麼看她，加以對照。一連串的皮條客、鄰居或妓女群，他們對琴都沒有窮凶惡極的敵視——但他們有個共通點，他們都不「認真對待」琴——即使如貂皮大衣這樣一個細節，自大一點的皮條客錢斯認為，除了自己會送她的兔毛外，不會有什麼貂皮大衣；較中肯的鄰居，也推測她炫耀的行為，表示那有可能是男友送的禮物，但也因為琴的職業，而詮釋更有可能是她自掏腰包。但是史卡德對每種可能都加以考慮。

比起來，一半是偵探職業使然，一半是酒鬼加誤殺過小孩導致（不再居高臨下）的倫理態度——史卡德看琴，就算沒有看進琴的靈魂裡，至少也是用整個靈魂在看她——琴的大廢話，她是一個「吃甜吃不胖的幸運女孩」——對後來的破案沒有任何幫助，但在社會寫實的詩意上，這個寫得極度自然的意象令人心酸無比：從大明星到一般青少女，將「吃不胖」視為人生極大幸運的這一現象，可說在我們日常生活中，俯拾皆是。在一天當中的社交聚會（從家庭到工作到泛泛之交），我們甚至可能，就被這個話題轟炸好幾次。然而它也正是男男女女發展延遲，始終留在對追求外型的寫照——甚至可以指向妓嫖共構的時尚心態與社會潮流。

琴更愛她原本的牛仔外套，更甚後來的貂皮大衣，這說明了她已經發現她在社會適應有所成就的過程中，「向上原來是向下」，也靠自己，「自力更生」地摸索出一套反幼稚的哲學態度。但是這種態度多麼得來不易！仍然慶幸吃不胖這樣千篇一律的愉快，既寫出琴是我們浮華社會的一員，也指向一種（可能共同的）危機：沒有更好的事物得以做為幸運指標。呈現這個又普通又普遍的形象——既點出了我們社會共有的匱乏，又保持了對匱乏者不加批評的態度——卜洛克的偵探看人，是種既人類學又非人類學的看——說它人類學，是因為它盡可能排除偏見；不人類學，則因為，一個人，就構成了一類。《八百萬種死法》固然是一本妓女的類型學，但也可以被視作後來社會議題「無緣死」的先驅，在小說中不完全是無緣死，也有「無緣性愛」與「無緣活」。而這無緣的故事，始於偵探與他委託人的「結緣」，悲愴的調子從不轟然可聞，但細若游絲，更使我們拉長了耳朵。

最後一個我想舉的經典例子，是阿嘉莎．克莉斯蒂的《去問大象吧》。這個故事的結尾與謎底固然極具震撼，詭計的部分也有一定水準，但作為開場白的「與委託人見面」，仍發明了一個謀殺案的視角：當事人已雙雙死亡，並不存在繩之以法的問題。但是真相仍對某些人非常重要，為什麼？

或許不是唯一，但絕對是非常有意識地——克莉斯蒂經常提出「遺族的問題」。死者不只是死者，凶手不只是凶手——每個謀殺案的關係人，都有其遺族。一對夫婦為什麼非要在同一天一起死亡？這當然可以是個謎，但是如果是他們的女兒，想要知道答案，這就除了動腦之外，立刻牽動我們一般的人性。除非是鐵石心腸之人，我們多少都會被激起一種陪伴的欲望——我們希望看到委託者克服她生存的困難——克莉斯蒂筆下的人物也許缺乏傳統所謂社會現實的現實痕跡，但卻具有社會想像的現實感。沒有錯，克莉斯蒂很少喚起社會學中分類會出現的社會弱勢類別，她對人物的描述，比其他小說家更像玩偶或布娃娃，但是當她的掌中人帶著紙做的衣裳與奇異筆畫的眼睛出現，配上這樣的問題：「我想知道是我爸爸殺了我媽媽，還是我媽媽殺了我爸爸？」——這裡有多少個社會版！

很少有人會對那不具真實說服力的扮相指手畫腳——這裡當然有極強的社會問題與真實性存在——最強的社會寫實部分，不在於內容與細節——而在那個具現實條件的假設問題：加害者或受害者的小孩怎麼辦？在與委託人見面這個主題上，克莉斯蒂的局面與角色，絕不像卜洛克那樣細膩或是有層次，她幾乎從不避諱，她安排出現的角色可以大分為壞人或好人——我喜歡讀卜洛克，因為我喜歡他示範一種不臧否人物的藝術；我喜歡阿嘉莎，就是喜歡讀她臧否人物。——但後者並不如想像的膚淺。臧否好看，好看在臧否據以成理的原則。阿嘉莎提供的不只是一個人是什麼（好或壞；值得同情或不那麼值得同情），而是她為什麼這樣將人們分類。她經常把她的標尺攤開來給我們看，換言之，這永遠是一個交代道德排序的過程。這當中有一種透明性與可辯論性。我們可以不同意克莉斯蒂的標籤，如果我們可以提出另一套原則，並加以解釋。在《問大象去吧》中，在與委託人見面的這一場中，道德排序仍然是基調：尊重事實，要排在尊重父母，或尊重死者之前。白羅非常讚賞他的委託人，他們在道德排序上達成一致。我常常覺得佛洛伊德喜歡讀阿嘉莎不是沒有道理的，精神分析與推理小說在這裡有個惺惺相惜之處：健全的生活，就在於——別對父母有不切實際的幻想。

3 親愛的書，你在煩惱些什麼？

推理小說中，會出現書，並不足為奇。許多推理小說家都是胃口很大的讀者。雖然寫作的型態是推理小說，推理作家對書本或知識的愛好，卻很少僅限於推理類型。

《童謠的死亡預言》，作者一點都不滿足於像他的幾位前輩一樣，只是讓童謠的內容做為謎題或是引子。書中還令我們注意到日本文學史上的童謠復興運動。如果在中譯本的日本文學史或相關著作中，找不到重要的日本童謠文學組織名稱或作家，《童謠的死亡預言》倒是一下給出了許多作家名以及他們的名句，甚至連他們的創作理念也不放過。雖然阿嘉莎作品中的引詩或引文，頗引人入勝，但是阿嘉莎筆下的人物很少手不釋卷，至少我不記得白羅在書中出現時，曾經正在閱讀。

較為特別的是，在《萬聖節派對》中，阿嘉莎讓十二歲的女孩米蘭達引用《次經》。當時她和她的母親、奧利薇夫人與白羅正在喝下午茶，在撤掉茶盤時，因為聽到大人談到《次經》中的名字與取名字的談話內容，米蘭達冒出《次經》中的一句話：「她給他端上美味佳餚。」米蘭達的母親於是向奧利薇夫人解釋，米蘭達是從學校，而不是從她那裡學到的。「這在現代學校很不尋常，不是嗎？」奧利薇夫人問，當米蘭達聽到奧利薇夫人問她的母親，學校怎麼傳授起神學知識了？米蘭達插嘴回答——這也很可以看作阿嘉莎藉她之口，表達了她本身的閱讀範圍與文學見解——「奧姆琳小姐本意不是這樣的，」——奧姆琳小姐是她的老師。

「她說我們現在去教堂，聽到的是用當今的語言講的道理以及故事，失去了原有的文學精髓。我們至少應該對權威版本的優美散文體和無韻詩有所了解才行。……（頁280）」

出版《萬聖節派對》時，阿嘉莎已經七十九歲了。在我的感覺，這個故事逐漸有阿嘉莎的個人精神遺囑意味，詭計固然仍是她擅長的，但也不無藉著小說託付人生遺願的可能——那個遺願是什麼呢？大概就是照顧好孩子——尤其照顧好那些獨力撫養小孩的母親和她們的小孩。在阿嘉莎無保留地注視中，米蘭達可以看作幾乎是——她最鍾愛的小孩。

阿嘉莎對兒童的關注有一個特別的面向，她不只在意像《畸屋》裡的小怪物喬瑟芬，她也提醒我們，不要因為一個兒童聰慧又性情美好，我們就放鬆對他們的保護——米蘭達複述老師的話——在這部作品中也是一個線索，當學習能力強的孩子碰到某一種人……。《次經》屬於冷門的書型，《萬聖節派對》中出現了另一本令我們大開眼界的書，叫做《世間奧祕盡在其中》，這不是文學書，而是實用類。書中有一位老太太，將她的遺囑藏在這本書中。——這本書會被選上，我想主要是書名逗趣，是阿嘉莎的喜劇天才部分。

書有時是因其內容進入小說，有時是因為其實體。《巴別塔之犬》的末尾，結合了兩者做為謎底，堪稱一絕。

殺人不眨眼的強暴犯兼殺人犯，手捧厚厚的磚頭書出現，誰都必須承認，這是一個強而有力的掩護。（參考影集《幸福谷》）就像警察的制服或醫生袍，書是令人信任的使者。——因此也可以被凶手用來當作障眼法。

除了是人的內在外延表徵——這個人與何物為伴？書本，幾乎也是最能表現寂寞主題的一個物體。這部分寫得很好的，有《守護者注視下》。但我印象最深的，是宮部美幸的《火車》。閱讀在這兩部作品中，比其他物件更傳達了主角的孤單。《東方快車謀殺案》中，男僕在火車上的讀物是《愛情的俘虜》；宮部美幸的《落櫻繽紛》可以視為對許多被遺忘的古書的致敬與重新記憶之術——《骸骨花園》並不是泰絲．格里森最有趣的作品，但是這部小說在「書中書」這一主題上，提供了一個十分值得參考的範例，最具推理力道與戲劇性的一筆，並不在故事本文的最後一句，而落在本文結束之後，占了一頁的作者註，在這個簡潔扼要的注解中，出現了對一八四三年發表的醫學論文〈產褥熱的接觸傳染〉的介紹。作者把這個一般讀者不見得會感興趣的知識起源放在最後，是非常聰明的——它在小說的任何其他部分出現，都不會像在後記現身那樣畫龍點睛，令人備感難忘。我不會重複這個註究竟說了什麼，格里森賦予它的謎之味，立下一個知識史巧妙進入推理小說的成功範例。要理解她的功力，只能靠閱讀的實際體驗——先翻到那一頁作者注，是我絕對不建議讀者做的事。任何對於化知識為小說有興趣的作者，這部作品都值得參考。

輯　二

八種口味的推理

該死的孩子氣——不夠深入社會的現實黑暗面、過度保護讀者在好心偵探的羽翼下——這曾是推理小說背負的嚴重罵名之一。不知是不是因為這個緣故，推理小說後來的其中一個走向，就是以越來越「兒童不宜」為目標，彷彿「惡狠狠、冷冰冰、血淋淋」才是推理小說的正道……。

4 羅斯・麥唐諾的《寒顫》：回頭才驚起

三二五頁的小說，但是直到三二一頁，我都沾沾自喜：「不害怕，不害怕，我一點都不害怕；沒有寒到，也沒有顫。」對於這樣一部以驚悚聞名的小說，我幾乎想重頭翻起，檢查是否自己看漏了什麼，錯過了什麼，怎麼到都快看完了，心跳與脈搏都還正常地不像話？——好啦，最後四頁，我承認，我嚇壞了。

羅斯・麥唐諾（1915-1983）的《寒顫》，大概可比為推理小說裡的「驚愕交響曲」，說它最後大轉折可以令人嚇破膽，這真的不是說著玩的。恐怖要在推理後，寒顫都在回首中。不可能的犯罪我們已看得太多，但是「不可能的人」——儘管在推理小說中也還是比比皆是，《寒顫》之出類拔萃，還因為，它帶有希臘悲劇伊底帕斯形式的悲愴——它挑動的神經，是關於文明基底的神經——殺人當然是不把人命當一回事，但是在我們的社會中，還有另一項東西，一旦它不被當一回事，我們的神經也會瀕臨崩潰。

冒牌貨的故事，可以說是推理小說的基本款。這一款式之所以歷久彌新，原因並不單純。我記得曾在電視上看過一個犯罪紀實的節目，裡頭說到某個凶手，長年以冒充他人為生，不停使用別人的證件與信用卡，嚴格來說，他與所有他殺掉的人都沒有真正的仇恨，只是要冒充另一個人，最徹底的方法，不能不殺掉原先擁有那個身分的真人。所以他一個殺過一個，為的就是不斷在別人的名字與身分下過生活。

這種生存方式，慢慢變成這個凶手的經濟來源。報導者調查這個凶手的身世，揭露了更驚人的一面。凶手早年即是孤兒，並且是非常邊緣，不時從這家孤兒院，被踢到另一家孤兒院的流浪孤兒。說到驚人，則是因為不同孤兒院，根據他們本身文化或信仰不同，每接收這個孤兒一次，就把他改一次名字。細節我記不清了，但大意是，如果是天主教孤兒院，就會讓他換一個比較有天主教意味的名字；要是到了比較強調民族性的孤兒院，他又會換一個與民族風更貼近的新名字。其次數之多，令人歎為觀止，事後回溯，如此頻繁地改變名字，這個小孩，如何能有一個穩定又持續發展的自我形象與自我意識？他成年後的犯罪手法，固然有強烈的利益取向，但實在也令我們懷疑，這種竊取他人身分到有些強迫意味的行為，是否也是早年創傷的衝動本能反覆？

長期冒充與短暫喬扮遊戲的不同，我想是在於，前者至少需要雙重引力，一方面是新的身分具有吸引的拉力；一方面也要原有的、真實身分的空洞痛苦大到可以產生一定的推力。比如像宮部美幸的《火車》或是松本清張的《砂之器》，冒充者不是單純嚮往一個更體面的新身分，冒充者也因為社會問題，孤單背負由原本身分而來的歧視恥辱與恐懼。

「角色扮演」——從較無害的「辦家家」、參與者合謀的社交面具遊戲（有時有色情成分有時無）、一直扮到喪失現實感的人格分裂與解體——是個複雜的問題。「否認現實」是一種自我防衛的精神問題，在它的原點，否認現實的人，是需要被幫助的人——不是幫助其繼續否認，而是幫助其接受現實；但是如果否認現實的人，恰巧又是有權有勢或有吸引力的人，這個否認現實的人，如果動用擁有的各種資源，篡改所有逼迫他或她面對現實的事物：無論是干預警方的辦案或是殺人——這些原本是該受幫助的人，就會離現實越來越遠，而浪子或浪女回頭的希望，也會隨著權勢保密特權的高漲，日漸稀薄。

從某個角度，《寒顫》提出了一個問題，那就是，究竟在社會生活中，「什麼」可以改善人際關係中的危險元素？今日我們普遍已不相信「君權神授」這種東西，在現代心理學的努力之下，崇拜父母權威的迷信逐漸根除，但是——並不是只要不頂著父母的名號，這種父母威權的餘孽，就不會借屍還魂。換句話說，過去父母對子女的剝奪與控制，在被揭發與批評之後，仍可能沒有消失，而只是轉移到其他關係中——在朋友、情人或是社會生活中，更自由結合配對的人際裡，奴役以及被奴役，依舊反覆上演——但更加隱蔽、更加三不管。如果「否認現實」這個病癥，不是個人的，而能結黨結派，互相包庇，病灶就會越來越強。

在麥唐諾筆下，犯罪這個「錯誤」，之所以會如雪球般越滾越大，還可以從「有錢能使鬼推磨」這句俗話說來衍生，在現實世界裡，不可能有鬼來推磨，但是卻有可能「使人變成鬼」——改變身分或社會隱形。《寒顫》中，金錢不是對餓肚子偷麵包這類基本需求匱乏者有控制力，它涵蓋了更具野心與幽暗的面向：金錢一是「家世背景」，二是權力春藥，它也左右性心理——對取與予的雙方都是。在一段類似閒聊的談話中，麥唐諾描繪了實現「美國夢」的人物狄妻尼：「他可以說是一個白手起家的人……，爬得很快，還娶到奧斯本參議員的大女兒。」

故事的另一男主角，做到文學院院長的布萊蕭，面對這個大女兒的貴族第二代提起他原本只是「電梯小弟」的輕蔑，以另一個美國夢的反面，做為自己的盾牌：「我家不是沒有錢，我只是想自食其力而已。」——貫穿這部小說，這句話始終真偽難辨。重要的是，這點出了與狄妻尼式美國理想相同的嚴重矛盾，實力原則從來不是貫穿到底，無論是在起點或末端，美國仍有另一種放不下的「貴族性」。無論自食其力或白手起家，仍是次等的，若不能加上家庭原本就有錢的前提，或是最後打進貴族高層的鍍金，自食其力或白手起家——這兩種原則並不足以使人受到尊重：不只是權貴看不在眼裡，「奮發的普羅」本人也感到畏首畏尾。

更複雜的是，或許社會的階級流動，尤其缺乏上中下層男性之間的提拔照顧，社會固然更常將對權貴的恨意集中在「貴婦」身上，但是底層男人的生存之道，從一開始就有很強烈的性別依賴色彩：也就是請求比自己稍有一點能力的女人援助。然而什麼是這種關係的本質？這是撫育的延長？沒有附加條件的贈予？或是契約複雜不明的（感情／性／人際資源）買賣？

首先來看看母親，根據政治學的調查，女人用大部分的所得養育子女，男人固然整體薪資遠高於女人，但是更傾向把錢花在自己身上。雖然「甜心老爹」在文化上，有更鮮明的形象，似乎女人更常靠年長的男人援助向上爬；但是許多跡象仍然顯示，偽「乾媽乾姐」的現象與數量一樣不容小覷。「吃軟飯」固然是性別歧視的用語，但是從另一方面來說，必須注意的是，雖然誇大的性別差異氣質有待檢討，但是傳統性別分化的心理是，付帳一事強化的是男性氣質。各付各的當然是比較好的平等狀態。但是曾經有人表示，替男人付錢的女人，鼓勵男人在潛意識中繼續把女人當母親看待——這裡的母親不是什麼好詞。原因是，最原始的食物不是錢，而是母親的奶汁。所以依賴女人比依賴男人危險——從依賴者的精神層面來說，危險的不是男女性別，而是依賴者可能退化的階段。兒童依賴父母是自然的，但是成年人的依賴，顯示發育倒退，就像本來該直立走路卻還在地上爬，應該有人我區別了，還覺得另一人（母親）的感受與自己難分難解——這就極端危險。

愛一個人，卻認為對方可以生存在社會律法之外：這是亂倫的原型。藉著讓某一個與自己有關係之人逃脫律法，這種共謀，也帶有滿足亂倫共犯夢囈的性質。《寒顫》與解謎有關的性質，我略過不討論，倒是比較次要的部分，我覺得可以提醒讀者，在姊妹之間的亂倫感情——不透過性行為，而是建立在專寵，無視律法的這個行為準則上——也是這個作品值得注意的地方。對於書中談到的「心靈死亡」有興趣的讀者，不妨參考羅洛梅在《哭喊神話》中對歌劇皮爾金的分析，也許會更能體會犯罪之「罪」，為何可能要追溯到「對自己的謀殺」。

《寒顫》屬於到了最後，才能重新開始思考的小說。我相信，麥唐諾之所以用了一個那麼完整的「超級嚇嚇箱」結構，他所期盼於讀者的，不會只是一分鐘的寒毛直豎，而是更帶同情與警覺的清醒：認真思考，我們平日很容易因為心盲，因此視而不見的人生細節。

雖然此作可說是恐怖與驚悚雙冠王，但是絕沒有讓貓頭鷹鬼鬼叫，或收音機鑽出殺人魔這種手法。雖然寫的是一個極端失去平衡的故事，麥唐諾文體最大的優點，卻是少人能及的搖籃曲平衡。以比喻而言，這是「以達文西的優雅畫風，畫哥雅的噩夢主題」。麥唐諾，是甜的。但是糖衣包的不是毒藥，是苦藥。

5 梅西．米勒的《女演員之死》：普普通通的困惑與困境

如果只推薦一本梅西．米勒，我可能會推薦《徽章與標本》。這本描述混進學生運動中的職業學生，具有何種人格與殺傷力的小說，寫出了美國七〇年代，有良知者的兩難。雖然到了結尾，略顯薄弱——梅西．米勒的長處很少在終局，她的起頭總是比結束更加高明。因為她擅長提出問題。但到最後，她所給出的答案，也許不是答案的內容，而是給出的方式，有時過於明確而顯得平板——她的答案就是答案，有點像她要告訴人們一個寓意與教訓，幾乎像是考卷裡的選項一樣清楚——終局很少被她當作可以引發更多思考的開始，而總有畫上句點的意味。

我常覺得與她開啟故事的豐饒氣氛與多重布局相比，梅西．米勒的句點是不相稱的。不過，也很少人能在故事百分之八十的前半段，能將我的好奇如此迅速地集中聚攏起來。我曾在一個不記得書名的犯罪實錄序言中（香港的出版品）讀到過，這種讓

人們注意力「從渙散到集中」而不感到無聊的啟動，是從福爾摩斯探案起，之後為心理學家或犯罪學家所非常肯定的——一種使人們不致犯罪的心理能力。我喜歡梅西．米勒，因為在我的心理活動較虛弱時，她總能不太費力地使我「精神集中起來」。

《女演員之死》，是除了《徽章與標本》之外，我很喜歡的一本梅西．米勒。它將米勒的長處發揮得較徹底，短處也較不明顯。我對這本小說唯一有點保留的是，女偵探秀蘭戀愛與上床的情節，我覺得這部分的羅曼史，讓秀蘭顯得有點呆，不過考慮到戀愛有讓人昏頭的成分，以及上床有助於增加緊張氣氛——在謀殺調查過程中，一方面從常識的角度，我們知道有性欲是自然的；但另方面，我們也很難免去對性欲在場所感到的不安——性交總是種不太中立的狀態。很少有人在床上還能夠全心戒備，而解除一個人的防衛，這正是是凶手與情人，可能最為相近的地方。與另外兩名女偵探——梅芳的世故獨立以及華莎斯基的不卑不亢相較，秀蘭戀愛時的小女兒態或兒女情長，更令我們捏把冷汗。

米勒筆下的愛情，帶有更加明顯的反女性主義羅曼史原始色彩：女主角取代並除去有能力、有地位的成熟壞女人，因為壞女人冷漠且不天真（可參考《古董街謀殺案》：對藝術一竅不通的秀蘭取代精通藝術但殘忍的高富美。無能力比有能力具「可欲性」）——這是典型的白雪公主症候，也是女版的伊底帕斯。在《女演員之死》中，比起取代前妻，秀蘭更像取代失蹤的女兒——但是這個女兒怎麼會像成熟壞女人呢？她可能比秀蘭還年輕——然而這是可能的。為什麼？因為她是「女演員」。女演員一方面有誇大與明顯的女性特質或性特徵，但另方面，她也是對傳統女性角色的極大否定——有職業、有地位、甚至可能有錢又有名——她可能輕浮，但以小女孩的觀點來說，就連輕浮，也會是成人的記號。

邪惡的女演員——推理小說歷久彌新的主題。阿嘉莎寫過，許多其他推理作家也寫過。梅西．米勒筆下的這個女演員叫做崔西——崔西很特別，因為她不是一般照劇本演的女演員——做為喜劇脫口秀的演員，她必須自己創造角色，並且賦予角色生命——她其實兼編導演於一身——米勒也不諱言，崔西也像某種作家的原型。

用一個人的不在場，來使其現身——這是推理小說最古老的技巧之一。說得更具體一點，就是使靈魂人物失蹤或是被謀殺，再透過其仇家與親友等關係人物的證言，重新拼湊剪貼出「她／他是誰？」這個手法看似簡單，但所謂戲法人人會變，各有巧妙不同。米勒的崔西是有魔力的。——因為這個人物，她站在十字路口。為什麼？因為她剛開始懺悔。

我對懺悔體的書寫一向缺乏好感，因為我覺得，滔滔不絕很少能與深心悔悟相容。說得更過分一點，我以為懺悔體的作者，比其他人，更難進入懺悔行為深處。然而，小說中崔西的懺悔，鬆懈了我的防備。真心懺悔總是難以言明的。崔西的懺悔具有可信度——因為透過她母親的回憶與敘述，崔西不是大鳴大放，她欲言又止。不是吊人胃口或耍心機式的欲言又止。她的懺悔剛開始，她還沒有解脫，她仍正在受良心的折磨。這個人在全部的化學變化中。

那麼，她是無辜，還是有罪的呢？覺悟是怎麼發生的呢？米勒描寫她做為喜劇女演員的工作：崔西翻爛關於喜劇表演的書，她為發明劇碼寫了一本本的筆記。米勒摘錄那些段落，其中崔西拿自己開刀的筆記，簡直鮮血淋漓。

雖然米勒不像她的同行派瑞斯基，有那麼樣為勞工階級發聲的強烈形象，但是這個開場，非常好地，讓我們看到喜劇女演員勞動實況的一面——所謂女演員，不是上台亮相時的風光，不是穿什麼衣服露什麼地方，而幾乎是苦幹實幹。這是娛樂版——但也是我們前所未見的娛樂版。她父親認為她本身不是非常有幽默感，甚至不是那麼愛笑——這更放大了崔西生涯選擇的嚴肅職業成分。這不是一個單純的興趣與嗜好，她逗樂，但她本身並不享樂。

這篇小說的結尾將時間放在真相大白的兩年後，米勒點到為止地述及訴訟程序拖延之不義。雖然偵探「情歸何處」這一點稍微削弱了作品的完整性，但是以寫人物懸疑立體感的能耐觀之，就像她的失蹤女主角一般：有苦幹實幹的感人之味。梅西．米勒最普通。她的偵探秀蘭不像梅芳如此有風格，耍嘴皮的功力也遠遠不如華莎斯基，雖然秀蘭的助手視秀蘭為追隨的楷模，但是我們很少發現秀蘭以什麼神機妙算或奇特魅力使人傾倒。秀蘭要對誰發揮影響力，似乎都要費一番苦功。秀蘭是個最不偶像的女主角，毫無光環。她身上有的是平凡人的毅力與真誠，將普通做到最，醇厚自有味。條條大路通羅馬，梅西．米勒再次證明了這一點。我們簡直找不出她有什麼王牌——或許也因為這個原因，她牌打得戰戰兢兢，到最後，我們不得不承認，普通的是外表，過程更重要：她的積分並不比別人少。梅西．米勒沒有非常強的社會批判功力，但她的小說做為社會百態小說，仍然甚為可觀。

關於《女演員之死》中女演員筆記這部分，也引發我另一個聯想。那就是阿嘉莎的筆記本。根據學者的調查統計，除去有可能遺失的幾本筆記本，阿嘉莎一生使用與留下的筆記本，一共有七十三本。透過作家的筆記本可以了解多少寫作的構思活動？基本上，我相當懷疑。阿嘉莎在記筆記之時，應該完全想像不到後世會來研究它。所以，她寫得很簡略隨興，同時她也將與寫作無關的事務夾雜其中。然而，工作筆記這個物件，確實有其非凡的價值，它使我們看到工作的態度、痕跡以及在其上經過的時間。我個人對阿嘉莎筆記印象最深刻的，不是她條列出的情節推敲事項或人物表，而是她的「自我祕書」性質。在編號15的筆記中，她寫道：「……整理—結尾第三章—還有一堆要寫……」。還有一堆要寫——關於寫作，或是關於我們的工作與生活——這難道，不正是最切中要害的一種美麗說法嗎？

6 達許·漢密特的《馬爾他之鷹》：嚴肅的性愛小說或「在他身上打個洞」

在推理小說的這個類型中，產生了像達許·漢密特這樣的作家與作品，說是革命性的轉變，實不為過。不過，真正的理由，我以為，並不在於他本身做過幾年的偵探，因此可以認證他的書寫，更加具有可信度。如果著眼於這一點，犯罪實錄或非虛構的作品，或許保存了更多有價值的細節。曾經參加過美國共產黨，並且因為拒絕與美國麥卡錫恐共勢力合作，漢密特還坐了牢。他的人生後期伴侶是劇作家麗蓮·海爾曼，寫了技藝精湛之作《兒時情景》——一部揭發美國早年恐同陋習的傳世之作，她的其他作品同樣著眼於美國的社會問題。漢密特這個人的人生，的確可以引起我們極大的興趣。不過，要討論《馬爾他之鷹》，我們還是要回到小說藝術的基本點上來談。

從什麼角度來說，《馬爾他之鷹》寫得卓越呢？首先，我會建議讀者，嚴肅地把它當成一部性愛小說來讀。錯過這部小說最好的辦法，就是視而不見，作品中洶湧起伏的愛欲。在《偵探研究》中，花了四章篇幅寫〈偵探和他們的感情生活〉——詹宏志也沒有把漢密特的硬漢偵探史貝德，當作有愛有性的角色——而幾乎大部分的讀者，也太照漢密特的字面意思去了解，而以為，這部小說既沒有像後來的史卡德系列，會直接寫出偵探射精後的心情，也不像古典推理小說出現有情人終成眷屬的浪漫結局——那麼史貝德就是「只是為了錢才辦案」（鄉民之語）。

史貝德的對手與委託人叫做歐香奈西，是個與犯罪世界糾纏不清的女人。這兩個人上床了沒？這是肯定的。史貝德親口說，他認為他們兩人上床是因為歐香奈西要堵他的口。那麼他們是各懷鬼胎、不帶情意——像最粗鄙的說法「純粹發洩生理需要」的那樣「假幹假爽」了一場嗎？好看的性愛小說，絕對不是從裸體與床上開始的——如果《馬爾他之鷹》好看，就是好看在，把握到性愛近乎悲涼的真髓——上床雖然好，但是被誘惑又更好。問題是，什麼可以構成誘惑？

小說中史貝德的女祕書依菲．普蘭是個關鍵角色——當歐香奈西第一次出現在史貝德辦公室時，普蘭告訴史貝德，「反正你會想要見她的——她美若天仙。」歐香奈西未見史貝德之前，就已經征服了一個女人——之後普蘭每次出現都非常要緊，一方面她是英雄救美這種傳統推理視角的代理者——史貝德一路徵詢她的意見——到最後與她意見分歧，具有深刻的意義——這個兩性的鴻溝，代表了兩件事，一是這種「良家婦女」感受不到「蛇蠍美女」的威力甚至傷害性；二是因為這種不敏感——她完全不了解史貝德的危險處境——無論是性愛或是性命。但是普蘭並不是笨蛋，她也有偵探的機敏與警覺，她對寡婦愛娃的態度，就是審慎的。她並不是毫無保留地傾倒於女人——但是如果歐香奈西能打動她，憑的絕不是外型的優越——歐香奈西誘惑的長才，是兩性皆殺的最高級（她一度踢到的鐵板是男同志）。她是古話說的「我見猶憐」型——但這絕不是什麼天生氣質，而是她的犯罪手法與技能。就像史貝德做偵探要留一手，歐香奈西做罪犯，她讓自己看起來像什麼、為了什麼目的，都是有劇本、有演技的。恰好與傳說中黑色電影致命女人的天生邪惡背反——就像偵探的虛張聲勢一樣，歐香奈西的女性魅力，是餌、是陷阱、也是武器。這完全是後天的努力。普蘭的第二個作用，說得好聽是紅娘，難聽就像鴇母——男人想聽她對其他女人的意見，在史貝德和歐香奈西的性愛戰中，普蘭不斷保證歐香奈西的有價感與清白——有點像奇怪的社會公評代言人：如果你為這個女人賣力，我們其他女人也會對你心服口服。史貝德最後沒有聽從她，漢密特多半在對「女人能更好評價女人的這種想法」加以還擊：女人比男人，還容易為女人盲目。史貝德在結尾為什麼臉色發白？普蘭無疑是有些同性戀傾向的。史貝德拒絕了歐香奈西，普蘭因為他拒絕歐香奈西而拒絕與他歡愛——他是從普蘭的性反應，聯想到自己原來應該可能有的性反應嗎？他可能像普蘭一樣，在心理上服喪嗎？

——《馬爾他之鷹》有意思就在這。歐香奈西犯罪當然具有可責性，但是犯罪的手法，在漢密特筆下，他卻賦予它中性的角色。也就是一般輿論更容易責怪拿女性魅力來犯罪或爭權，較其他手法更不道德——這種態度，漢密特倒是沒有的。這當中幾乎有一種了解與諒解——就像真實的偵探不能輕易對人訴衷腸，一個出來混的女人，她的裝模作樣與女性本錢，就是她的專業與職業水準。——偵探要酷，罪犯要無辜。——女罪犯要無助。這是她的本事，不是她的罪惡。犯罪是犯罪，女性氣質做為工具，本質上無好壞可言。

在第一幕中，歐香奈西扮演的是一個上流家庭涉世未深的女人，漢密特寫她「好像隨時準備起立」——完全就是羞澀不知犯罪為何物的嬌嬌女。第二次交手時，歐香奈西又一變，變成天涯歌女型的小孤女「我沒過過好日子」。史貝德拆穿她，不是無情地，卻是痛苦地。他告訴她，他知道她根本不需要幫助，因為她很行，不管是眼神，或是說話時哽咽的方式。歐香奈西拿著偵探的帽子，偵探欲走還留。史貝德也許不相信她，但是他也入了戲——一個上乘的愛情的誘惑遊戲，千載難逢。他讚賞她，不是因為她很女性化，而是因為她演出賣力——他肯定的是技巧與努力——這兩人間的吸引力，與其說是男與女，更像物傷其類——他們是知己與知音。惺惺相惜。如果英雄會惜英雄，硬漢怎能不愛上千面女郎？

史貝德當前生活有兩個女人圍繞他，祕書普蘭是母性與保母型的，與他有姦情的愛娃是蕩婦型——愛娃變成寡婦，而且愛娃還相信是他殺了自己的丈夫——撇除史貝德要避開殺人凶嫌的實際考量以外，史貝德愛情的真實困境是：這兩個女人都不了解他。男人或說史貝德的弱點在這裡，他需要的不是女人的肉體或是上床的機會——他想要被了解——如何可能呢？普蘭像傳統女人，她總是把他送出門去，到那個刀光劍影的男人世界中，他們之間沒有互相了解的可能，就像傳統男人與傳統女人，他們也許互相寵溺，但從不互相了解。

歐香奈西是一種可能性——她有求於他，她有可能全神貫注了解他——縱然只是工具性與職業性的。就像即使妓女與嫖客要搭檔完美，也必須摸清彼此需求——這當然可以通過錢表示，但是在高段的淫嫖關係中，雙方動用的，往往還有錢以外的感情與心理戲法。包括體貼、熟悉、脾氣對盤等等。史貝德與歐香奈西的內心活動，我們幾乎一無所知。我們只能從他們的行為去推敲，這裡有個非常有意思的東西，就是每次錢財問題，包括這個什麼勞什子的寶物馬爾他之鷹出現時，讀者都可能被拐走，以為偵探畢竟是清心無垢的——大錯特錯。這牽涉到一種思考慣性，以為性愛就是不沾錢。這實在太不食人間煙火了。無論給誰錢、拿誰錢、借誰錢、賴誰帳，幫誰做生意——都必須仔細想想，這當中是不是一種「情欲代償」。《馬爾他之鷹》裡的每個談錢的段落，都更像一種「我不想直接幹」或「我不想馬上幹」，而非「我不幹」。錢的場面出現越多，代表偵探性欲的掙扎越強烈。——「我不會為妳做傻瓜。」——只有墜落愛河快溺斃的人才會說這話。當然他也可能還是在騙她。騙到這地步，實在也是用心良苦了。

如果酒客將鈔票塞進脫衣舞孃的雙乳之間，是老套到有點令人煩膩的色情場面。在《馬爾他之鷹》裡面，香豔存在於另一種倒錯中：「女人掏錢給男人，並且甘心讓他榨乾她」——在史貝德劫掠她的生活費的前半段場景中，史貝德不只是在執行偵探的商業頭腦，同時也在探索某種男人的（集體）性幻想。在這份性幻想中，男人不是被養的小白臉，而是充滿男子氣概的。史貝德和她交涉的過程，老是「發出動物般的嘶吼」——這在不動聲色的冷硬派偵探身上來說，是合理的嗎？

這非常合理。那就像歐香奈西的楚楚可憐、蒼白與淚水，是一種性勾引——發怒也是男人很原始的性展演，表示女人摸到他的脆弱與敏感處了——當然有一種必須送去上怒氣管理課的亂怒，但是秀給女人看自己的怒氣，半有意識、半無意識，可以也被看作在給看勃起陰莖的影子或分身。史貝德怒神發作地，要歐香奈西交出她貼身藏有的鈔票，不是史貝德較其他男性偵探更不為美色所動，反而是他比其他男人，更色入骨髓——就像紅牌妓女一樣，史貝德也是有藝在身的。他要調動一個夠性感的場面。同樣但更極致的鈔票場景，在末尾，史貝德還要再來一次，他要當著其他罪犯們對歐香奈西搜身，要她自己脫光她——這完全是獨特性癖與偵探工作結合在一起了。

中文版經常把歐香奈西對史貝德說話的方式翻成「喃喃」，這引起如「喃喃自語」的聯想好像歐香奈西是個偽孤僻患者還是怎麼了，比較合理的是這個「喃喃」，是她總是用咬耳朵般的音量與聲調對他說話，細聲細氣是仍在賣弱弱美的柔情，此外悄悄話的發聲，又可喚起性愛時兩人的私密一體感，又可吸引史貝德豎起耳朵聽她——這都是該被看成女性魔力的高度施展——英文的評論在談到歐香奈西的女性魅力，常用work。這是很準確的。我會建議，至少把喃喃讀成「嚶嚶」。——薩德可是說過的，聽覺絕對是色情運作的重鎮。

歐香奈西，我們其實不清楚她究竟多有錢。但是她最漂亮的一招，是當她對史貝德說出：「我可以用我的身體買你嗎？」時。這招厲害。也是在性愛遊戲中玩倒錯。在以金錢交易性的語言中，這等於在說「我可以嫖你嗎？」鑒於男人認可妓女有身價這一事，歐香奈西這麼一說，變成不是歐香奈西的身體值錢，而是史貝德的身體值得女人用身體付錢——我們很少討論男人的（做）男妓幻想，一般我們說女人用身體付錢就是和妓女沒兩樣——歐香奈西如果是說，她要用身體付錢，就會變成史貝德嫖她如嫖妓，這在性愛關係中就老套又廉價了。但是同樣一件事，歐香奈西把它說成「用身體買你」——變成她嫖史貝德——這可是大大地把史貝德從男性角色中給「解放」出來啦。最怕的往往成最愛。史貝德說到她可能對他做的事，不說她會殺他，而總是說，她會「在他身上打個洞」——這不只是死亡的隱喻，也是性隱喻。她會在他身上打個洞——那麼，他會變成她的——她的女人。

史貝德究竟是什麼樣的男人呢？他睡他合夥人的妻子愛娃。他對他的合夥人，也是小說開始沒多久就被槍殺了的邁爾斯，看上去沒有任何感情。邁爾斯被描寫成一個性急的色鬼，他一見到歐香奈西，就像狗撒尿一樣，對史貝德劃出，那是他要的地盤。他死的時候，史貝德毫無哀意：既不看他的屍體，也不負起轉告死訊給寡婦愛娃的責任——他甚至很快地請普蘭把邁爾斯的名字從事務所上的門牌除名。我並不反對從伊底帕斯弒父的角度去看這一段。在他去看邁爾斯之前，漢密特反而讓我們看脫去睡衣後偵探史貝德的胴體，這是一段令人難忘的描述：「像剃了毛的熊：他的胸膛無毛，皮膚像孩子似的柔軟嫩紅。」——你想像過偵探衣服下的皮膚是像這樣嗎？沒有幾頭肌，沒有古銅色的東西——他是不自然的存在，像司湯達爾筆下以拿破崙為學習偶像的男主角——女人第一眼還會把他看作小女孩子，想要安慰他。他還沒長成——不管從年齡或是性成熟的角度——皮膚是有語言的：剃了毛的熊，如果在樹林裡，應該會被其他的熊拋下；如果是玩具，可能會嚇哭小孩。「待宰羔羊」這個意象呼之欲出。他不屬於雄性群體，紅皮膚有健康與不健康兩種說法——但聯想是豐富的，興奮——容易臉紅的皮膚，是隱藏心事最大的敵人。史貝德胸膛上的皮膚像是一張白雪公主的臉——漢密特在此時，想在他的偵探史貝德身體上，喚起導致殺戮的純真感？真是大膽、色情、美。

他對邁爾斯的死沒有哀悼之意——說得更絕一點，不看某人的屍體，在推理中有一個傳統，就是他本人就是凶手，看與不看，沒差。當然，如果某人生前你就不喜歡他，不喜歡到甚至覺得這是一個合理化自己行為的理由，可以與他的妻子通姦——那麼，如果你要哀悼這人的死，確實非常困難。史貝德和這樣的人合夥，他和邁爾斯有什麼差別？如果不是邁爾斯爭先（為了色欲的理由），死的可能就是史貝德他本人。

如果史貝德無法哀悼邁爾斯的死，他也無法哀悼他本身的死；換句話說，他的生也毫無意義。這也呼應這篇小說最常被轉述的故事：石藝因為沒被掉下的石頭砸中，就決定假死變成另一人重生。而男人重生只能表現在換女人一事上。如果人生是荒謬的——因為死法會是荒謬的——究竟還有什麼，可以做為一個人內在的秩序羅盤呢？

除了自保以外，到了小說末尾，史貝德對歐香奈西自剖，他整理出一個東西：無論他對邁爾斯的想法是什麼，史貝德不能視其死亡如無物——他緊抱偵探的倫理——不全是因為他有什麼人格——他的偵探先行原則，與伸張正義較無關係，而與抵抗絕對的虛無更有關。

不能因為偵探性愛糾葛的對象是罪犯，或是他最後把愛人罪犯交給警察，就認為那不是真實性愛。這往往是寫實的。所愛非人——這不是沒有洞察力的問題，也是環境問題——社會環境的問題。無論是男是女，在這個以犯罪為中心軸的勞動世界裡，不但財務上的投資報酬極端不穩定（與一般想像犯罪是白吃午餐或可以不勞而獲大不同，也有可能是午餐白吃了你），合夥關係中缺乏信賴，因而不時仰賴暴力解決，使得生在其中的男女，有如戰火中的鴛鴦。貧賤夫妻百事哀，法律邊緣的鴛鴦也是貧賤的——他們或許都有「事業」，但不是能顛倒警察的大偵探與大罪犯——他們的命其實都很賤，誰養的殺手抓了狂，他們都可能沒命。警察為了交差，只要抓得住他們的把柄，他們都沒有太多可以賴以活命的「高層關係」。這也是底層人物的性愛，總是難穩定與難長久的現實條件。

所以，英雄遠遠是不足以救美的——不只因為男人是很泥的泥菩薩，女人也不是一朵小花——犯罪的女人有事業心，也有生意頭腦。如果不是犯了色戒，我們在最後也忍不住問，以她向來的手段與謀略，如何沒有早一點做掉史貝德？答案或許是，就像女人假意嚶語取得所需，這個世界中的男人，若不能在出賣色相與勞力（或智力）上出類拔萃，也可能因此屍骨無存。最終是他騙倒了她，而非相反——這或許可以滿足某些大男人主義者的虛榮心，然而，無論其中的性愛多少真、多少假，他都是肉身以搏——真槍實彈——漢密特沒有直接寫一場床戲，但是就讓我們想像一下吧——這是多麼心酸的幹。無論以戀人或是敵人的身分——或是兩者兼而有之。「年輕的史貝德帶著早餐來。」——他剛趁她在他床上熟睡，前去搜查完她的公寓，無疑是在以不錯的性使她安眠後——他帶著早餐回來的這句台詞多美妙！他的愛或許是假的，幸福歡快也是裝的——但假裝得多好（再怎麼說，至少早餐是真的。）——一個偵探或許只在這樣的機會裡，才能過足情人的癮。

偵探與罪犯，一半是辦公室戀情，一半是與敵人共枕，這不可能的羅密歐與朱麗葉，古往今來都有張力——但偵探不是不可能倒向她，也變成百分之百的罪犯——只是如此一來，那些逾越的快感，誘惑的纏綿，恐怕也要消失了。所以他必須作回他的偵探，把她送給警察，就算她可能被吊死——不只因為她罪有應得，也因為，他的性欲——可能帶有戀屍癖性質。愛到死，不就是那麼回事嗎？在小說尾聲，史貝德打了個顫。寂寞不是能夠驅逐的寒意。他的身體仍在那裡。這是一個性與愛的悲慘世界。

漢密特的書寫乾淨、風格、隱密——同時也一瀉千里。如果你找到適當的角度看。冷硬派不是機器人派，如果他們不會一瀉千里，那我們還不如去看風景畫片算了。

7 橫溝正史的《獄門島》：戰爭的民間記憶

只要是有關日本推理文學的評論，幾乎都給予橫溝正史的《獄門島》極高的評價，但是也幾乎都沒有直說為什麼。一度旅日的台灣推理評論家傅博在〈關於橫溝正史與其作品〉中提到，「第二次世界大戰中，日本政府當局禁止推理小說的發表，戰爭結束後解禁……」——沒有提到禁止的理由。或許對一九三三年出生的傅博一代，禁止的理由人盡皆知，不言自明，然而相信對於較年輕的一代，這是必須推敲一下的。可能的原因，應該是因為推理小說就如棒球一般，被當作敵國人（美國）的舶來品，推行或是使用，都屬擁護敵國文化的行為，是日本主戰派民族主義所不容。

《獄門島》在一九四七年發表之前，橫溝正史在一九四六年就已發表了兩個推理長篇——可以說一解禁，他就迫不及待來發表——這人想來，多少有點反權威的反骨吧。讀過《獄門島》之後，自然可以明白，難以細說此作的原因——因為一旦洩漏了情節，確實會大大減低結局的震撼效果。究竟此作算不算得上推理小說的傑作呢？我不覺得我有完全的能力來評判。因為其中關於日本的社會組織與風土民情，極為細膩，作為一個對日本文化涉獵不深的讀者而言，閱讀過程是有一點隔閡的。也許當初橫溝正史主要設想的讀者，完全是日本的讀者，他描寫的偵探金田一耕助，「在這種時代一直堅持穿著和服的人，可能內心非常頑固」。推理小說雖然有其歐美淵源，但是橫溝正史小說中，濃濃的日本「口音」，確實能夠令人感到一股，對日本民間文化的極度信心與愛護。這也構成這部作品的獨特魅力。

在《牆外的聖女雅妮》這本精采絕倫的西方建築史中，瑪格麗特．葳瑟寫道：……納粹拿了歐洲十五萬口鐘製造武器，亦是藉此打擊民心。（頁318）十五萬口鐘不是小數目，光是把鐘取下與運送，就會是各城各鎮，難以忘懷的戰爭景觀與記憶吧？在建築史中，這不是作者細述的主題，但是在《獄門島》第一章中，金田一耕助在搭乘自下笠港出發的交通船上，橫溝正史就寫到這個「鐘的故事」——老和尚在戰後打算去附近的吳島拿回吊鐘，漁夫竹藏回道：「……噢，是戰時獻出的那個吊鐘嗎？……」老和尚於是說道，吊鐘還沒有被熔鑄掉，在另一個島上，但自己力氣不夠，要先去辦手續，再請島上青年人去取回。——這個吊鐘在小說中將一再出現，有時是充滿超自然氣氛地——被漁夫從船上看到在岸上「吊鐘會走路」；有時彷佛又科學得不得了——只要利用槓桿原理，雖然重四十五貫，「那麼四十五貫的五分之一，也就是只要提得起九貫的力量就可以把吊鐘的一端提起來……」。

關於這個吊鐘，小說中還有各式各樣繁複、詩意的成功運用——如果單單只是將它看作詭計的一部分，雖然也驚人也獨到——但是從象徵意義來看，它在戰爭期間的作用與社會角色，使它幾乎可以成為一種壯觀且沉默的借喻：倖存的鐘，沒有被改製為武器的鐘，就像沒有在戰爭中身亡的人們，雖然看上去形體不變，但是戰爭對日常的破壞與推動它的瘋狂記憶，並沒有因為戰爭結束就消失——它仍然如陰魂不散。鐘不是原來的鐘，人也不是原來的人。

其中寫得最好的，應該屬「美男計」的這部分。透過獄門島的警察清水之口，橫溝正史記錄了這樣一段：島上有個美男子叫做鵜飼，原是但馬地方的人，「戰爭把他帶來此地」。體格弱。軍隊征收各種物資，越到戰爭末期越厚臉皮，後來幾乎變成搶奪。獄門島上的漁民因此很激動。日本軍方於是改變了策略，指派鵜飼做征收物資的使者。「說得明白一點就是色的陷阱……」。雖然究竟軍隊隊長有沒有明確下令鵜飼，下流到同時周旋於權勢之家的三姊妹之間，被當成無法證實的傳言，但最令人驚愕的是，在戰後，這套「美男計」竟被島上第二大權勢之家的當家人志保女士學了起來。志保女士想「學隊長那一套以鵜飼為工具加以利用……」，因此，雖然軍隊已不在，鵜飼仍被志保女士召回獄門島，繼續做為進行島上封建家族政治勢力競爭的工具——國家與軍隊的色情遺教，既令人戰慄，也發人深省。橫溝正史不動聲色的批判，實在令人佩服。

在一開始，橫溝正史以如瘋狂或血統造就彷彿宿命的詭譎氣氛，這或會使得習慣推理小說理性與現代都會氣氛的讀者，包括我自己，略感遙遠與不耐。然而通篇讀來，終會明白，這並非廉價地營造恐怖或惡俗，以用來污名化非處中心的離島與鄉野。其中深入剖析日本社會中封建與非理性的傳統，在了解的誠意當中，亦充滿尊重，可說寓「反省與改造祈願」於無形——「島上革命則日本也革命」——說出這話的早苗，這個被島上父家長完全不看在眼裡的年輕女人，拒絕了金田一耕助同去東京的提議，決定堅守在獄門島上，讓我們看到橫溝正史相當卓越的一面——沒有一個地方應該被放棄——橫溝正史在小說開始不久，即以如同軼聞般，描述早苗的特長——只要是她去喊叫瘋子，瘋子就「即刻恢復正常」——如果定位橫溝正史的推理小說，或許就是——希望扮演如同早苗一般「一喊瘋子就正常」的聲音、力量與人格吧。這部享有盛名的小說，名不虛傳。寫漁村組織與分工等細節，尤為珍貴有趣味。詭計絲絲入扣。做為「戰後那一年的書寫」，也另有價值。

8 江戶川亂步的《怪人二十面向》：孩子氣之必要

在還不會自己穿鞋子的年紀，有天，我的小姪子煞有介事地對我說：「姑姑我告訴妳一件事——我，比我爸爸聰明。」我莞爾。

——之所以做了這樣一個開場白，並不是要評論兒童與成人，到底誰比較聰明，而只是因為接下來要說的這一部推理，是個「深受兒童喜愛，也深愛兒童」的作品。如果要給江戶川亂步《怪人二十面向》的獨特性一個定義，我會說，它運用推理小說，在成人與兒童之間，搭起了美妙的橋梁。

該死的孩子氣——不夠深入社會的現實黑暗面、過度保護讀者在好心偵探的羽翼下——這曾是推理小說背負的嚴重罵名之一。不知是不是因為這個緣故，推理小說後來的其中一個走向，就是以越來越「兒童不宜」為目標，彷彿「惡狠狠、冷冰冰、血淋淋」才是推理小說的正道，換言之，推理小說的寫作，被當作應該排除社會或心理專家普遍認定，用來保護兒童的標準，而閱讀推理做為讀者的「成年禮」，必須帶有切斷某些兒童特徵的性質，或者要斷滅幻想，或者要擊退光明——總之，越絕望，越正確。

不可否認地，憤世嫉俗與質疑一切，是一項嚴肅艱難的工作，推理小說發展出的這種指導原則，不但本身值得尊敬，因此而誕生的作品，未必沒有讓讀者「置之死地於後生」的心靈極限運動之功。然而，認真的方式不只有一種，溫和的體操運動，雖然做起來一點也不刺激與震驚世界，卻也一點都不是無意義與愚蠢的發明——今日重讀《怪人二十面向》，至少有三重意義，可以以三個問題為代表：兒童小說可不可以做為推理小說金色的源頭？如果兒童與成人的娛樂，不是絕對對立，那麼，是什麼讓它們結合在一起？這種結合，或說闔家觀賞的性質，真的是更簡易與低階的藝術嗎？

什麼？只是關於怪盜偷東西的故事啊？這不就像警察抱怨要替大家找回小貓或鉛筆一樣，對付的是「罪小且又惡不極」的麻煩，真能寫成有趣的故事嗎？在打開這本書之前，我對這個故事的價值非常懷疑。然而，序章一開始，作者就盜走了我的心。

不能不提到優異的文筆：流暢、輕快、饒富變化——在還不知道閱讀江戶川亂步有沒有推理的樂趣，我就可以確定，閱讀的基本享受，已經保證跑不掉了。推理小說的文筆應該好到什麼地步？它與其他文體，比如散文或是體育報導，所應具備的文筆素養有什麼不同？江戶川亂步的文筆值得讚歎，是它確實示範了外於抒情與論理的第三類書寫的高度，那就是敘事的藝術。我們可以說，除了極少數的例外，推理小說仰賴的是敘事本領。但是這個「動作片」的核心精神，很少有推理小說家發揮得如此極致。尤其在某些長於構想的推理小說筆下，局部的行文，有時會有那種「你知道就好」，記得交代、不記得敘事的毛病。

反觀江戶川亂步，他筆下的敘事，不是把一件事從頭到尾說完，而是每個句子、每個段落，都備足了特殊的姿態：滑行、跳躍、迴轉或猛然站定。換言之，亂步文體有明確的動感。除了安樂椅神探的類型，推理小說對精神健康或許有一個不算小的貢獻，那就是，這是一個信仰「坐而言不如起而行」的宇宙。然而，行動並不只在於達成特定目標，行動並非附屬於任務之下的待辦事項；行動，可以直接被當成人或生命力的表徵，而使我們受到吸引、感到欣喜。我們對《怪人二十面向》的好感，實在非常接近，每當我們看到小孩有精神地玩耍，我們就會有的感動：因為活潑，就是幸福。

所以，當東京市民因為怪盜二十面向而心惶之時，亂步用非常可愛的筆觸，寫了小學生壯二「破例早起」，到花園去設下陷阱的行動。各位在小時候，是否有過製作陷阱、想像自己是陷阱大師的快樂回憶呢？不知該說亂步是童心未泯，或對兒童心理非常理解——「陷阱」這個東西，本身就很令人著迷呀。尤其在體格與經驗都不如人的兒童時代，像〈勇敢的小裁縫〉這類純以智取，脫困得勝的故事，不知曾帶給我們多麼大的驚奇與快樂。用陷阱來對付危險與入侵者，其中的意味，還可以分兩方面來說。

一方面，認識「陷阱」做為發明與工具的存在，這是人類文明生活的傳承。透過裝置與機關，獲得比人類身體更多的功用與可能性，這種運用觀察力與實驗所得到的

「神奇力量」，蘊涵有發明蒸汽機或飛機、剪刀或籃子（是的，籃子也是要發明的，不是天上掉下來的）類似的知識原型。親近「陷阱」，除了讓兒童參與、進入人類共有的技術與記憶，也揭示了科學與理性精神——它告訴我們人類如何掌握目標，與達到目標的基礎分析能力。

另方面，「陷阱」還有更複雜的社會性。最低階的陷阱，可以只是一個意外出現的洞。我們在《莫拉的雙生》中看到，「設陷阱」一事在脫離文明用途的狀態中，變成犯罪與病態的起始與執迷。它滿足了偏差的控制欲，而被霸凌的受害者，因為掉到一個無人可救援的陷阱地洞中，甚至在多年後，因為這個陰影而自殺。在《時計館殺人事件》中，對於一個地面上的洞，有更深刻的倫理討論：如果我們在地上挖一個洞沒有填平它，我們該不該，對之後掉入洞裡的死傷者，負起責任？以上這兩個例子，也許更適合國中以上的青少年思考，《怪人二十面向》對話的心靈，更接近小學程度——雖說是小學程度，但也不見得人人都有。我常覺得推理小說是另一種補校與成人教育發送站，使我們得以將童年漏學的人生面向，進行補足與加強。

儘管簡單、易懂，但從教育心理學上來說，很巧妙地兼顧了這個年齡，應享有的發現樂趣與分辯力指示：「雖說讓家人踩到陷阱那可不妙，但是放在花壇中央，若非小偷，應該沒有人會無緣無故踏進這種地方。」考慮的習慣、思索的習慣——古典推理小說的鬥智，並不純然是一場秀，淺顯的生活智慧可以學習，也可以回味。

亂步的名偵探是明智小五郎，但就像序言說的：「……還有小林芳雄這位少年助手。這個可愛的小偵探松鼠般的敏捷行動，想必也相當具有可看性。」這是設定要為少年讀者所寫的少年偵探小說，原則上不會出現太過艱澀的字眼與情節。選擇對抗「偷竊」而非「謀殺」這種重罪，當然也是顧及到腥風血雨不是那麼適合少年少女。

不過，我們從《怪人二十面向》可以得出的另一個心得是，更訴諸想像力，而非寫實的古典推理，如果可以深入人心，原因並不在於其天馬行空，而是藉著大膽的幻想，可以用更抽象與自由的方式，深沉地把握對人類行為的原始思辨。在偷盜之前，先發布通知與警告，怪人二十面向的這種做法，會令人驚恐的原因，在於其自負。無論如何，這都是會提高作案困難與風險的方式，這也顯示，攤開在讀者面前的挑戰，是遠在「偷」之上——偷不過是個手段，失主固然因為痛失寶物而悲傷，但是做為讀者的我們，根本無從了解寶物有多寶，為什麼也能被吸引呢？

那是因為怪人二十面向象徵的不只是妙手空空的竊賊，而是某種比一般人更強的「超級能力」。我們也不該忘記，「偷」這種行為，是幾乎任何幼兒都有過的經驗。——小孩拿走他想拿的東西，帶走也許價值連城也許分文不值的物品——可能是鑽石，也可能是樹上掉落的一片葉子——有時，甚至完全沒被大人注意到。小孩這麼做，很少是因為物品的經濟價值或實用性，而只是單純的快感：攫取的樂趣、帶著走的樂趣……。我所知道最有意思的一個兒童「竊案」，是某個小孩，把台灣博物館展場的某個小展板放在自己的背包裡帶走，而直到他們回家後，媽媽才啼笑皆非地發現。之後媽媽將展板寄還給博物館，這事才被眾人所知。如果以這個例子來搜尋各位的童年記憶，也許我們會發現：每個小孩，都曾經是神偷。在偷竊一事上，除非是專門以兒童為顧客的漫畫或糖果店，沒有人會像注意成人一樣，那麼樣地注意兒童。「那個盜賊究竟多大年紀，真實的長相如何？這一點誰也不知道。……恐怕就連盜賊自己，說不定也已忘記其真正的長相。」——這說的真的是易容術嗎？我以為，用它來暗喻兒童時期，其實也不為過。有句話說，「小孩天天在長」——從嬰兒到青春期，發育與成長是驚人的另一面，同時是，變化很驚人。如果我們仔細想一想，翻天覆地的不只是不斷拉長的身高，在這段時間裡，心靈的變動也是多麼巨大的工程呀！一個人似乎沒有固定的、真正的長相，從詩意的角度來看，這是對個人史「自我未成形」的遠古時代，一種懷念與惦記：怪人二十面向到處偷盜，造成他人的損失，但與此人本身同時浮現的，是一種悠揚的「失而復得」的情感與意念：那個自我形象還未完全定型的童年我們。

怪人二十面向要變成誰就變成誰，亂步毫不停留在寫實對可信度的講究與堆砌中，就像童話裡表示號角有魔力，號角就有魔力——小說立下的規則與童話的原則更相近，他要求讀者的，並不是我們生存在物理世界中必須記得的定律，地心引力在童話裡沒有立足之地，童話就是：什麼東西都可以飛。如果用錢德勒檢視阿嘉莎的角度，認為「只有白痴才猜得出凶手」——這就忽略了推理傳統中的童話式技藝。

以非童話的眼光來看，童話只能是「離譜與胡言亂語」；但是如果把握了童話的精神，我們會看到完全不同的世界。《歐洲青少年文學暨兒童文學》是一本枯燥到令人想哭的作品，除非是專攻這個領域的學者，我不建議一般讀者花時間閱讀。但是這本介於索引與字典間的著作，仍有兩項驚人的貢獻，第一是它點名的作者與作品之眾，著實驚人，書中不以舉傑作為限，即使是作者反對的劣作，一樣入列討論；第二點是，我們從中可以看到兒童文學以及童話，在不同的時空背景中，如何或爭取或失去合法性的發展軌跡。此外，作者還為兒歌的黃金時代記上一筆：「徹底的荒謬成為兒歌的本質，幽默、狂亂的韻律……使兒歌充滿生命與真理。」作者引述十八世紀的作家馬爾尚之語：「……儘管它們古怪荒謬，卻是通往詩歌的捷徑。」

早年的兒歌著作甚至名為《無稽之談》，多少讓我們一窺兒童文學不「文以載道」的突梯與浪漫情調。乍看《怪人二十面向》，並不一定會注意到它慷慨給出童話奇想的特質，因為它更是多種文類雜交之後，脫穎而出的混血結晶。換言之，童話的感覺，不是在魔女與小精靈這種異境中進行，而是寄生於現代與現實生活的警匪偵察結構中。這種選擇，讓童話更具暗示性，反而更具開放性的詩意。

讓我們比較下面兩段敘述：

「……他以前因為個子太小而無法拿到想要的東西時，他會說『不行』；而現在，他會去找張凳子好讓自己長得更高。想要做得跟大人一樣的欽羨心理，就是從這個時候開始出現，他想要跟那些比自己擁有更多東西的人一樣。欽羨會衍生出野心，而令個體企圖以實際開發自身版圖的迂迴方法，來填補自己的劣勢。毫無疑問地，這便是為什麼個體對學習、認識的興趣會越來越強烈的原初情感基礎……」

「……以小孩的力氣無法把笨重的長椅豎直，也找不到其他可以當作踏腳台的工具。那麼儘管小林好不容易發現了窗子，卻無法從窗戶往外看嗎？不不，各位讀者不用擔心。所謂的繩梯，就是為了這種時候準備的。少年偵探的七大工具，立刻派上用場。他從袋中取出絲繩做的繩梯，拉長之後，就像牛仔拋繩一樣甩動，把末端附帶的鉤子，朝著鐵窗欄杆拋上去。連續失敗三四次後，終於咔擦一聲有了反應。鉤子順利掛在一根鐵欄杆上。」

第一段描述的出處，是法國重要兒童精神分析師法蘭絲瓦茲・朵爾托的《心理分析與兒童醫學》[2]，這也是小兒科醫生的朵爾托認為應該更使一般醫生具有精神分析認識（而非僅限於主管心理衛生部門的醫生），以避免該處理精神官能症的當事人，延宕接受協助的時機。她之所以用理論性文字描述兒童自覺的劣勢以及轉化過程，目的在提醒成人或醫師，如何協助兒童。我真不知她會多麼欣賞江戶川亂步這一段對「小人兒」照顧有加的文字！第二段文字與第一段文字不只是在觀點上重疊，更令人讚歎的是，江戶川亂步是以兒童就可以理解的口吻與處境，陪伴與引導這個過程。

這令我想到，我在一部紀錄片中看到的東西。這部紀錄片拍攝的主題，是巴黎某市郊小學，實驗性地引進一位戲劇工作者，來幫助該校有學習障礙或落後的小學生。

2 譯者彭仁郁出於苦心，將通用的「精神分析」一詞改為「心理分析」，雖然在詞義學上道理是說得通的，不過會因此遮蓋了精神分析運動與主流心理學的針鋒相對，這兩個運動在許多基本假設與介入原則與目標，都是高度對立的。我在行文中將用回精神分析一詞，但這在中文譯本中是一直以心理分析一詞出現。

在這些小學生當中，沒有人是真正有智力問題，而經常是因為某些情緒困擾或心理因素，而無法擁有學習的紀律與專注力。在戲劇遊戲中，他們經常表現出誇張的自負，想像自己是萬能的超級英雄，而不能接受，面對現實可能有的無助感與重新出發。我記憶深刻的是，該名戲劇演員對他們點破，如果一個人總是在防衛，這是無法開始學習的——換言之，當兒童在瞥見自己相較於成人或其他大兒童的劣勢時，他或她正處於危機與轉機的十字路口。如果小孩的「不足」，被用合理與同情的方式承認與了解，小孩就可以放心地以學習來加強自己；相反地，如果伴隨這種「不足」的，是威嚇或極度的不安全感，小孩就會遁入補償式的幻想，用誇大不實的自我形象，迴避學習中不可避免地挫折／克服歷程。江戶川亂步筆下的怪人二十面向，這個超級能力，事實上，不那麼是令財主與警察頭痛的魅影——而是在小說之前，就活在渴望魔法與大能的小孩心中。從某種意義上來說，每個小孩都面臨過選擇：想要做一個怪人二十面向？或是少年偵探小林？

也是從這個點出發去探討，亂步筆下沒有神力與大能的偵探助理小林，這個各方面都在準備當中的弱小形象，其重要性，能被充分凸顯。你雖小，但會成長；你雖弱，但你還是會有辦法——你必須保持積極與自信，並且不要忘記，有時候要接受成人的幫助——換句話說，亂步使得做為一個小孩是有吸引力的，這樣做之所以有意義，是要吸引小孩做為一個小孩來長大，因為每個小孩，都有可能被二十面向所誘惑，而放棄成為小孩——也就是放棄真實地、按部就班地長大。

史卡德系列中有個感人的阿傑，這個生活在街頭的黑人少年，偶爾替史卡德跑腿與打探消息，他甚至能替史卡德弄來槍枝。不過，卜洛克寫阿傑，有點沙林傑不忘麥田小孩的味道，他喚起的是，在我們每個人心中都有的，守護更弱小者的需求與感情。這與亂步還是有一點不同，亂步更直接，更進入此中的弱者宇宙。非常有意思的是，當名偵探明智小五郎抓住怪人二十面向時，二十面向扮的是一個老人，但是小五郎緊抓著他的手不放的形象，讓我倒是感覺，像慈父或慈母緊牽著不牢牢抓緊就會迷路的幼童。如果只要鬥智與解謎，牽手一節大無必要，只要在最後來個擒拿術就好，但是這個長長的牽手儀式，令人充滿聯想——這也構成了亂步世界不只是頭腦式，而比乾燥的智力，更具身體與情感的詩意空間。

我一直很喜歡這段朵爾托記錄治療十歲半的馬歇爾的文字：「……他的父親是個完全沉浸在工作中的男人。在家裡，他總是用『小黑人』或『嬰兒式』的言語跟馬歇爾說話，彷彿他還只是個兩歲的小孩而已。……我又用平等的態度對他說：『大人和小孩的差異並不在於小孩比大人差』，聽了這些話之後，他的淚水盈眶。」

孩子氣的必要——兒童文學的藝術精髓——並不是用娃娃音說話。而正是用堅定與理解的方式重複這句關鍵的話：大人和小孩的差異，並不在於小孩比大人差。我想，這就是亂步的推理小說做到的事。是的，想到這一點，我也感到淚水盈眶。

9 喬治．西默農的《我的探長朋友》：生活在其中

唉，西默農，唉，究竟要不要談西默農。我就先招認了吧，這是一個不幸的故事。和許多人一樣，我因為紀德的推薦，在多年前開始讀西默農。不過就在我起步之際，我在法國電視台上看到一部關於西默農的紀錄片。

紀錄片裡西默農現身說法，包括他寫作前的削鉛筆儀式啦之類之類。這原是有可能把我帶上西默農粉絲的路上地，但是Hélas Hélas（慘哉慘哉），當時西默農說了一段話，讓我驚得下巴要掉下來。主要是關於他在美國停留期間的回憶，西默農說他居留快到期了，不得已於是決定為了居留而結婚——自己不愛對方，但是對方很愛自己，而他本身既然需要居留，便決定結婚。「假結婚」這事並不會驚到我。我的想法是，萬不得已要占他人便宜的話，至少不要挑勢力那麼懸殊的狀況，挑彼此是友誼、是世故、是互相了解甚至是生意的關係，都比挑一個對方是愛你的，來得「道德」。西默

農是名人，或許他覺得即使自己不愛對方，也是對方的錯吧？這樣大方告訴所有人，自己不但利用人，還是利用愛自己且自己不愛的人。——他連閉嘴都不會。——他想過，他生活中的其他人，也要活下去嗎？我覺得西默農這人，嚴重地「少一根筋」：他能了解犯罪嗎？

結果是，我始終很難抹除腦海中，「西默農是白痴」這個意念。我想我還是放棄西默農好了。有過這個衝擊，我怎麼樣，都難對西默農保持無偏見的態度。但是生活在法國，即使不去打開一本西默農的書，還是會從大大小小的事情中，形成一種「西默農印象」。西默農小說改編的電影，還是會引起我的興趣。二〇〇六年看了一部，從西默農作品「自由改編」的電影，我非常喜歡。但是因為沒有對照原著與電影過，一直不曉得該歸功於西默農或是「自由改編」。不過當時我還是起了意，有機會要克服我的「西默農不適症」。

但不知為何，這陰影遠較我想像地嚴重——上面寫了這許多，無非是對讀者告罪，因為過去的這個意外，我絕不是好的西默農導讀者——如果讀者不滿意接下來讀到的評論，就請保持更開闊的胸襟——再去聽聽其他人怎麼說。

《我的探長朋友》出版的一九四九年，阿嘉莎出版的是《畸屋》——回顧西默農的寫作年表，頗令我驚訝的是，他約略只比阿嘉莎晚一年開始寫作，這兩人應該要被當成同時代人。儘管阿嘉莎長了他十歲。但以推理小說發展的歷史來看，他們是在差不多的條件下開始起跑的——值得注意的是，西默農最常被稱讚的是他作品的文學性——不管說他像契可夫或巴爾扎克——它作為推理小說的評價，似乎是被巧妙地迴避了。與阿嘉莎非常不同，人們對她的文筆看法不一，但是論到推理，我們很難排除她的諸多貢獻。

大概可以說，在一九二〇年代，推理小說得到兩種不同來源的灌溉，重推理的以阿嘉莎為代表；此外還有文筆厲害的，在此領域躍躍欲試。不過，將西默農光限縮在文學性強這個形象中，或許也太簡化。且以《我的探長朋友》來論：

這裡有個酒吧叫「方舟」，但是離開本島在此安頓的外人，若不是來養病，就都是「到這裡來墮落的」。這是個又在社會裡又在社會外的所在。快八十歲的妓院女老闆在這裡，仍然牢牢控制住她不想讓他結婚的兒子——六十五歲的「白老鼠」，想要結婚的目的，是要有個身體好的女人照顧他。他偷偷摸摸和女老闆的女手下私訂婚約——吉娜四十歲了，她是探長馬戈的舊識，雖然馬戈一度救風塵地送她去養病，她的出路還是在妓院。做管理人，但是錢並不好賺。要是她有錢，她希望可以不必嫁給「白老鼠」，可以去鄉下養雞。她寄匯票給經濟狀況還不如她的舊情人，雖然兩人已沒有愛情。英國人威克斯夫人豢養她的男祕書，這個名字中有「德」（意即貴族後裔）的文青，專事拐騙老太婆的錢。我們看到女人以各種方式「養男人」——這若要稱為「不正常」的男女關係，西默農寫來倒是一點都不具評斷性。馬戈探長後來強調威克斯夫人是個「外婆」，他更在乎的是人們騙外婆的錢，而非不標準的性關係。——這裡沒有一絲對性的道德審判。

馬戈的探案風格，除了沒有白羅的自吹自擂，兩者還是有些近似的。那就是「生活在其中」——馬戈的問話與其說像個「條子」，其實更像與眾人生活在一起。偵探的藝術，是一種生活的藝術。只要你能跟人們生活在一起，破案的線索就會浮現。

「一開始就應該去做其他事情。例如他就很想到廣場上，在大太陽底下抽菸斗，一面觀看正比賽得激烈的滾球；他很想到港口溜達溜達，看漁民們捕網；他也很想認識所有加里和莫林家族的人……」——馬戈的落地生根性與不務正業法，使得偵探小說與推理事業，帶有顯著的盲目旅行悠閒。以至於郵局職員忍不住對他道：「真好玩！你的工作比我們想像的簡單多了，四面八方都能探聽到資訊。」——馬戈探長不焦慮，不是因為他有什麼高人一等的灰色細胞，而是因為他的注意力是寬寬大大的——一旦偵探注意的不只是案件，而是地方、景物與人物——沒有什麼比這種「分心生活法」，更能減輕人們的壓力了。

讀西默農，其實很接近看雲——犯罪不過是許多雲朵中的其中之一。這與美國系列偵探小說，慣性地穿插偵探個人生活，又有一些不同，不是警長馬戈的個人家庭生活行過我們眼前，而是辦一個新案，他就在一個新的生活中。西默農的文學性，除了文筆外，把這有容乃大的反煽情步態，引入大眾文學，這的確是清新的。

馬戈探長對兩個犯人的不同態度也值得討論。他不完全是以兩個犯人做什麼評判他們。他是因為他們的性格而惱怒。他痛恨懦弱的個性，更甚殘忍的個性——如果是因為懦弱較殘忍，更被看作失去男性氣概，這似乎不無性別偏見的味道。馬戈貶低怕被打的小白臉菲力普為「小人」，同時有意無意地讚揚他的同伴「他並不害怕」。馬戈認為如果不是因為錢，而是因為痛恨同類（恨人類）或想證明自己能力而犯罪，尚值同情。這或許可以視為一種相當資產階級的觀點，隱含財產神聖不可侵的想法。這與阿嘉莎一向主張謀殺最惡，不太一樣。馬戈不是因為自保而對犯人出拳，這種塔倫提諾暴力與克林斯威特「私刑正義」，恐怕也有迎合那個時代「探長有拳頭」的男性沙文態度。探長不是社會或法律的代理人，而是權力的本身。

撇開這些部分，西默農的好文筆，我並沒有異議。翻譯的中文版本有些可惜，就是其中法國風味特濃的文化部分，比如什麼是「樂如思百科全書」等——如果能夠加上一些背景說明或解釋，可以使讀者更享受，其中法國本土的特色與趣味。西默農是比利時人，他寫法國，對「在法國的外國人」這一類「國際交會」有更多觀照，也有豐富的文化比較視野。西默農的女兒在二十五歲時自殺。這件事在法國家喻戶曉，也使西默農本人染上悲劇的色彩。

10 G·K·卻斯特頓的《布朗神父的天真》：太好聽的文學故事

如果我對西默農的文學性，是否可以在推理類型中加權記分一事，感到必須斟酌。對於卻斯特頓在「文學與推理」兩者之間，達成的美妙結合，我的態度，倒是無保留的推崇。

「此曲只應天上有，人間難得幾回聞」——卻斯特頓對推理小說最壞的影響就是，讀過他作品後的二十四小時之內，我們會處於「所有其他推理小說都相形失色」的悲慘境地裡。

唯一能夠幫助我們的，就是把卻斯特頓的作品當作一種例外，一種超自然的現象。否則，對於廣大推理作品，竟難以超越它的成就，我們的心痛，實在會使我們太過沮喪；另方面，恐怕也會傷了卻斯特頓老先生的心——因為老先生寫推理小說的原意，在於發揚這個類型，而非獨占鰲頭——如果他知道，他在某些人心目中，仍是寫得最好的——這豈不在告訴他，他的一番苦心都白費了嗎？

《布朗神父的天真》共有十二篇，是一個短篇推理小說的集子。寫作短篇推理的名家不是沒有，比如坂口安吾或阿嘉莎，都曾留下作品，松本清張的若干短篇，力道毫不遜於其長篇，堪為傳世之作。但我個人的成見，一直多少認為，短篇推理的水準經常不及長篇，或許礙於篇幅所限，與時間體驗相關的推理元素如懸疑、冒險經歷或解謎，在短篇形式之下，往往只能割捨與壓縮，許多短篇推理，只能以意念取勝，偶爾會因有骨無肉、有形無體，而難臻上乘。《布朗神父的天真》卻是上述成見的一大反證。他的短篇讀來更像長篇——豐厚、綿長、餘音無窮——面對這些故事，我們會有對迴紋針與摺疊腳踏車一般地讚歎，這是一個對說故事方式，具有高度熱忱的心靈。他的故事說得那麼好的其中一個原因，我認為是他抓住故事最迷人的本質：故事應該激發想像，而非鉅細靡遺地提供幻想。

布朗神父是智慧的化身——不是腦力或體力的強者——他對犯罪的看法，不同於大部分的推理小說家，在〈怪異的腳步聲〉中，布朗神父說道：「一個盜賊和一個浪蕩子會悔改，而那麼多有錢而生活安定的人卻始終怙惡不悛而輕浮，對上帝和人都毫無結果呢！」在〈飛星寶鑽〉中，他對樹上的神偷是這樣說的：「……你從來沒有那麼棒過，……是很聰明的招數，……你真是超越了你自己。」布朗神父不只讚美神偷的智慮與精益求精，彷彿他是神偷的同行，他還表揚神偷的藝術性：「……你是個詩人……」。但是這些並不是花言巧語在令神偷放下戒心，我們都可以感到這番言語中，存有一種洞見與真誠。犯罪的人——即使犯下謀殺罪的人，都有渴望被認同與讚賞的需求——明白說出這一點，並注意到這一點，乍看似乎違背常情，即使作姦犯科的人有良心或有才幹，這事也不能公開說啊！——但這種態度，其實也是虛偽與愚蠢。而只要能破解虛偽與愚蠢，往往就能造就文學中的無上喜劇。

從另一方面來說，如果不去談清楚犯罪者是什麼人，不將犯罪者當作一個完整的人來看待，我們就沒有徹底弄清犯罪是怎麼回事，也不會明白，犯罪者會景仰與學習其他犯罪者，是基於什麼樣的原理。布朗神父不是瞎稱讚，稱讚神偷會動腦，甚至堅持風格，這並不會成問題——神父並不是基於維持社會的秩序或他人的權益，才去阻撓竊盜，他所持的理由，是罪犯會每下愈況——犯罪是沒有遠見的，還會株連無辜，使其他人受到嫌疑或者代為受過。布朗神父對犯罪者有信心，他在犯罪者身上看到才藝、原則與人格——但也看到他們的錯誤，更重要的是，他認為他們身上也具備看出錯誤與改變的潛力。從神學上，來理解布朗神父究竟有何意義，我力有未逮；不過，卻斯特頓塑造的這個人物，替推理小說畫出一個更大範疇，在其中，罪犯有罪，但不烙印化，他們在犯錯行為上與社會對立，但他們始終是人類的一份子。換言之，在布朗神父的結構裡，罪犯不是永恆與絕對的異己他者，雖然在其他推理作品中，不少推理作者也會流露出類似的思想，然而很少作品，把這方面的思想，表達地如此生動、變化多端與優美。如果我們比較一下卜洛克的作品與布朗神父系列，在史卡德系列的幾部作品中，小說弱掉的因素，經常在於，即便史卡德已經相當與萬眾平身，不管是變性人或街頭小混混，都屬於他與人為善的族類，但是謀殺者仍是無法穿透的暗黑力量，那些「嗜殺的人」——我們可以說，卜洛克把推理小說的重鎮從揭曉凶手轉移到尋凶，但是凶手屬於整部小說中比較不可理喻的部分，如果不是絕對他者，也是外星人般的存在。我們在卜洛克筆下看得到凶手的形象——他們主要是殺人形象——我的意思並不是說卜洛克應該也將凶手如詩如畫地著墨一番，但是以卜洛克的才情與長處，他沒有找到一個結構上（而非情節）的解決，他沒有利用這個「黑暗」，多表達一些什麼。偶爾卜洛克的道德標準，幾乎就像右派的某種口號，「但是放過小孩」（《惡魔預知死亡》）。這種只要符合大多數標準的道德深度（我的意思是不太深），是通俗口味的兩面刃，從好的一面來說，它易於被接受；另一面就是，這也使得這個類型，無法與嚴肅文學相比較——嚴肅文學是個更敗德更荒謬的宇宙，道德，或說人類的困境——被用更精密的心靈儀器在觀看。推理小說會被視作嚴肅文學中的類型，還是僅僅只是消遣，作品倫理傾向的廣度或力度，此處就是關鍵。

在〈天譴〉中，布朗神父面對謀殺犯這麼說道：「下一步是你要走的，我不會再走一步了。……我把事情交到你手裡，因為在暗殺這件事上，你還沒有錯到很壞的地步……你沒有在很方便的時候幫著把罪加到XX身上……現在下去到村子裡吧，像風一樣自由地走你要走的路……」謀殺犯接著說的話，成為這篇故事的結局。重點不是謀殺犯在現實世界上是否會有一樣的反應，而是這寫出了另一種看待犯罪的視角。查案當然還是有必要的，因為不知道誰犯了罪，我們不可能與其對話。如果我們本身不夠了解犯罪的動機與過程，對話的內容就會淪於空洞的說教。「說教」這兩個字，在文學評論上經常帶有貶意，不過當它出現時，未必是針對「說教」這件事，而在於其內容簡陋或手法粗糙——我們所假定的「讀者不喜歡聽人說教」，更接近不喜歡聽之味的說教。但是優秀的說教，可以包藏在故事本身，可以藉單一情節、對話或警句呈現，有時更可以透過作者的觀點或鋪排表達——無論對施與受的雙方，這都是藝術，也像藝術一樣，會激發喜悅、沉醉與領悟的美感。某些推理小說事實上，經常是說教大會串，其中最高明的說教段落，也會形成撼動人心的經典場面。

〈隱形人〉可以被看作一個愛情故事。其中的謀殺，是某種形式的情殺。這篇小說的結尾，美得像一幅圖畫。當一切塵埃落定後，「……布朗神父卻和一個殺人凶手在星光下被雪覆蓋的小山上走了好幾個鐘頭，他們彼此所說的話，永遠沒有人會知道。」——不，卻斯特頓沒有讓我們聽到布朗神父再次說道，你「像風一樣自由」或你像任何東西一樣自由之類的老調重彈，他這三言兩語，猛然提醒我們，在前述故事中，殺人凶手驚人的沉默。無論布朗神父與他彼此所說的話是什麼，那一定不會只是謀殺手法（這我們已經知道了），而是關於殺人凶手這個人，他的愛情、他的偏執或難以解脫。在整個故事中，這個殺人凶手都被描寫成有缺陷且與眾人不同的一個人，但是在最後的這個畫面中，這個先前漫畫般的人物，突然變成了有肖像意味的背影：

謀殺從頭開始。謎重設到零點。不是殺人凶手做了什麼，而是在成為凶手之前，他感受到什麼，以及他是怎麼想的：那個心靈的暗面是如何成形的。——這個例子教給我們的東西是，作者可以不寫——但不寫不等於不點出。點出或是不點出——這不但是一個差別，還是很大的差別。

在介紹卻斯特頓時，有種說法是，他涵養了阿嘉莎．克莉斯蒂。這是有說服力的。尤其在結構的彈性與變化，以及給予犯罪行為細膩層次的努力上，對照這兩位英國作家，是有袖珍版與加長版的樂趣地。在《布朗神父的天真》中，我尤其喜歡〈實事求是的忠僕〉與〈斷劍之謎〉這兩篇。〈實事求是的忠僕〉這種作品不好寫，它通常是推理小說的次類，屬於以解開神祕事件來說一個故事，營造的或許是氣氛、人物或是小說家特別有感觸的事物，完成的作品，大半有牛刀小試的味道：這種作品似乎是作家生涯的點綴，它的非正統性，使它很少能被稱為推理作家的代表作。然而，卻斯特頓把它經營得很全面又深入，幾乎不讓我們感覺到，這是一個在原始素材上會被歸類為較單薄的篇章。「我們要對付的是一個良心很特別，可是還是有良心的人。」這個題旨把我們帶到推理小說的荒地上，良心並非一體適用，奇特或是怪異並不是良心的反義詞。〈實事求是的忠僕〉，以美妙的誇張，揭示一個在主題與內容都打算旁門左道的努力，讓我們穿過表面的邪僻，看到自成一格的小宇宙。旁門左道，不只是稀奇古怪，它也是獨特精神與異樣美感。——它也堂堂正正。〈實事求是的忠僕〉是一則絕美的小神話。

〈斷劍之謎〉說了一個令人戰慄的故事，它討論的謀殺，已經不限於社會中個別的成員殘殺其他成員，它牽涉到國家、軍隊與政治的可能黑幕，以及這些單位比個別成員更仰賴道德名譽的地位，使其不只為了利益，還為了前述的保護名譽原則，更加殘忍瘋狂。而少數知道真相的人，只能盡力暗示，而難以全盤托出。故事的結尾，有一段關於偉人銅像的對話，到今日還不失其犀利。——

「我以為這個痲瘋鬼的事已經和我們沒關係了哩！」……

「你只要在英國就永遠跟他脫不了關係。」神父說著低下頭去。「因為銅很硬，石頭也很耐久。他的大理石雕像還會有好幾世紀能激勵起自豪而天真的男孩的靈魂……幾百萬從來沒有見過他的人會像對父親一樣敬愛他——只有最後見到他的人才視他如糞土。」

一個從軍事史疑點出發的故事，但並不枯燥。被欺騙的底層士兵，除了會送掉性命，更悲慘的是，在最後的時刻，他們會一點一滴領悟到犧牲他們的可怕邪惡。這與一個只是被惡行重大的凶手堵住的受害人，所能感到的痛苦與恐怖，很不一樣。前者或許手無寸鐵，但在心理上未必沒有盔甲；後者或許一身是膽或握有利器，但心理卻可能被殺到體無完膚。神父在指出這種犯罪的本質時，說了一段即使獨立出推理小說也意味深長的評論：

> 印刷工人看聖經找出印錯的地方；摩門教徒看他的聖經找到一夫多妻制；基督教科學派的人看他的聖經發現我們沒有手沒有腿。……當然他在舊約裡找到所有他想要的——欲望、專制、叛逆。哦，我敢說他很誠實。……可是對一個崇拜不誠實的人來說，誠實有什麼用？

高層體制的腐敗，某種陰謀論，是許多暢銷小說的寫作祕笈，但是往往缺乏真正的批判與反省——尤其當那些高層被描寫得很遙遠之時——阿嘉莎是對這種「凶手一定是我們不認識的外人」的錯誤信仰，做過最廣泛諷刺與反對的一個作家——揭露黑手是一般市民平素不打交道的非普通政商名流，有時也落入「凶手不是我們中間的人」的缺陷邏輯。讀到這種終局的讀者，在驚訝中憤慨，但同時又進入一種置身事外的象牙塔——權貴惡質，但我們又能如何？一旦我們相信是火星人無惡不作，我們就進入思考的停滯。

雖然故事的主角也是國家、甚至國家歷史的權貴，〈斷劍之謎〉卻能與粗糙的陰謀論區分開來，卻斯特頓不用連篇累牘的情節，來包裝權貴墮落的故事，他將它簡化——這種簡化不是使人愚蠢的那種簡化，而是像導出數學公式一樣，讓事物本質清晰的簡化。就算是權貴犯罪也不是那麼容易的——卻斯特頓提出的屍體問題，其實非同小可。不是所有權貴都能好整以暇，找到職業凶手來個專業的處理，事態緊急之時，權貴也得自己動手，而毀屍滅跡，絕不如想像中容易——想想看，即便是大海都會盡責地慷慨地，把屍體再送回岸上。

把〈斷劍之謎〉這個故事說出來，還可以看到卻斯特頓以什麼樣的政治角度在處理推理小說。它牽涉到培養他的讀者，不被國家主義或民族主義蒙蔽理智，在這篇小說裡，卻斯特頓要求他的讀者，要有能力，正視英國以外的其他國家與人民的真實名譽與高貴品性——這個故事裡牽涉到的是巴西——不過這也可能是任何英國以外，或即使在英國轄下但被英國壓抑至殖民地的族群與人民。而這個反歧視與反壓迫的立場，在文化碰撞與地理移動更加頻繁的今天看來，非但絲毫不過時，甚至更加具有迫切感。

對卻斯特頓的讚揚，最簡潔的一個說法是，他不只反對英國受德國的帝國主義侵犯；也反對英國對例如愛爾蘭的帝國侵犯。當文獻上說，愛爾蘭或印度的獨立運動領導人如甘地，是在閱讀卻斯特頓時，受到鼓舞與啟發，這說的恐怕不是〈斷劍之謎〉，而是卻斯特頓其他政論、小說或哲學性的文章。但是一個作者，很難在評論時是反帝國主義的同時，在寫推理小說時，呈現的是完全相反的擁帝國主義立場——卻斯特頓的擁推理小說立場，或許也有「反文類帝國主義」的精神在其中。

這個文化巨人的高度與影響力，還可以從英國歷史學家艾瑞克．霍布斯邦把自己跟他相比的一段談話看出，霍布斯邦不滿足於只得到馬克斯主義者的肯定，他把自己的這個困境，與卻斯特頓與天主教的關係對照：「卻斯特頓……因為與教會關係過於密切，結果自己的高超才華久久遭到遮蓋，無法被非天主教徒賞識。」[3]在括弧裡，霍布斯邦想到一個人，那個人是卡爾維諾。因為我們的義大利文學大家卡爾維諾「志向之一就是要成為『共產黨的卻斯特頓』」[4]。——這樣說來，不了解卻斯特頓，似乎也不足以了解霍布斯邦與卡爾維諾囉。

3 艾瑞克．霍布斯邦，《趣味橫生的時光：我的二十世紀人生》，左岸文化出版，2015。頁364-365。

4 同前注。

11 吉姆·湯普遜的《親愛的，天黑以後再說吧》：「精神病」的社會悲劇與詩意

吉姆·湯普遜（1906-1976），但願我們牢牢記住這個名字！

如果有一部推理小說，讓我覺得從頭到尾都無懈可擊，值得推薦給任何識字之人，那就是湯普遜的《親愛的，天黑以後再說吧》。——我想，這既是推理小說最燦爛的收穫之一；也是推理類型，足以與任何藝術形式分庭抗禮的里程碑。

我在篇名上刻意用了加引號的「精神病」這三個字，一部分是為了引起讀者注意；一部分也是為了能概括地討論這部作品的重要性。——然而必須補充說明的是，這部作品既不是一般所想像的瘋子殺人的血腥聳動小說；不是把對傷病患者當作弱勢人道關懷對象的教育小說；更為奇特的，它與近年似乎越來越流行，始祖可能以海史

密斯的系列為代表的「逍遙法外一犯人」「我殺故我在」的「黑暗為王」類型，也有所區別——雖然兩者都傾向以「犯罪人」的內心世界當作故事主軸。

以上所稱「三不是」，對了解湯普遜的作品非常重要，他的書寫不具分類上鮮明強烈的性格，他的獨創性具有高度的隱性與細微質地——前述三者的煽情、說教或挑釁，還容易辨認與模仿，但都完全不是湯普遜式的；像許多藝術工作的高度境界，湯普遜甚至像是無風格。他的小說沒有妙語如珠，也不雕琢美文——然而，他的詩情是整體性的，靜謐、平淡——是毫不訴諸戲劇張力的上乘悲劇。就像有人用柏格曼這個名字形容某種風景，湯普遜對我來說，其成色之幽微獨特，也到了讓我覺得只能「用湯普遜三個字形容湯普遜色彩」。

小柯——柯林斯在小說第一行時，「（我）搭電車到了市界，然後開始走路。」——這句話的重要性，我們要到第四章時，才能了解到它是關鍵所在。雖然故事以小柯主述，小說卻非常巧妙地將多重視點，不著痕跡地整合起來。其中最重要的，有小柯本人怎麼看他自己與看他人的觀點——透過自白；戈德曼醫生的觀點——

透過對話；安得生太太，讓我簡稱為「菲的觀點」——這是小說中最不透明與不穩定的一個觀點。這個與離職警察共同策畫綁架案的酗酒寡婦菲，具有那種特點：那種大概只有杜斯妥也夫斯基才能了解的表現方式。——用謾罵掩飾良知，用惡毒進行慈悲——此外不管為善或為惡，她還都很容易半途而廢。

在小柯出現在小說之前，他待過四個醫療機構，度過共十五年。他的識別卡上說他幾乎沒有犯罪傾向，「很和氣、有禮貌、有耐心，可是被激怒時可能變得很危險。」——在盛怒之下，他曾打死過人，從醫院逃出來後，他打昏了在路邊修理車的人，也取走了對方的錢，但從他的觀點來說，他「很少真正傷害什麼人」。

在小說第一章，湯普遜就呈現了小柯這個角色，在社會生活上的邊緣危殆與多面性。他想要融入酒吧談話，並且受人尊敬。他編了個他在等朋友的謊話，然而當菲在說笑話時，他沒聽懂、也沒假笑——卻要求菲繼續說下去。在一個沒什麼惡意的環境裡，這也許可以一笑置之，也許甚至有人可以出面跟他解釋笑話。但是酒吧並不是個溫室，一旦小柯暴露了他在社交上的弱點，本身就是暴力份子的酒保伯特，毫不保留對他的輕蔑，叫他滾。在這種情勢下，就像他不能解讀笑話一樣，小柯也不能應付這種衝突——雖然先動手的是酒保，然而一旦酒保伯特被小柯打到重傷——在一般觀點看來，是小柯而非伯特，會被當成對社會構成威脅的問題人物。

這樣一種人，既沒有真正謀財害命的惡意，也沒有精神違常到不能溝通——從戈德曼醫生的觀點來看，實在不需將他視為窮凶惡極的罪犯，而應該只從環境刺激源的控制著手。戈德曼代表了一種知識與良知，自動自發的力量——我傾向修正過往評論者提到這部作品時，認為「這部作品沒有偵探」的說法。

偵探其實是有的，甚至也很神機妙算——但是比業餘偵探還業餘，比馬修史卡德的「幫朋友的忙」還要非正式，戈德曼醫生沒有接受任何人的委託，沒有收費，就開始了他的偵探生涯。他在酒吧裡光是聽小柯說話，他就辨別出小柯的處境與困難，才幾句話，他就問小柯：你進醫院受監管有多久了？然後他們談到醫院收容的經費問題，因為醫院缺乏經費，對於是否要收容像小柯這樣的人，他們的態度是傾向消極甚至不作為的——很可能還因為小柯離開了他的居住界，醫院能以此拒絕他入院。「經費問題」——這正是醫生與小柯共有的語言與知識基礎。

考慮到潛在的危險性，醫生當夜就決定把小柯，先帶回自己的住所收容。在醫生家的第三天，他們討論到醫院可能因為手續或經費問題，拒絕接小柯回去。醫生以「你可以幫我很多忙」想說服小柯，留在他的住處。小柯因此跑到浴室裡平穩情緒。他做了一番推理，他知道，醫生已經接到醫院拒絕接他回去的回覆，「所以，既然沒有別人可以照顧我，醫生願意自己接下這個差事」。

推理小說走到這裡，已驚人地進入一個完全不同的層次了。目標不是「找出凶手」或「繩之以法」——真正待做的工作變成：照顧應該得到照顧的人。

這個趨勢，我們在後來的「警探影集」中會不斷發現回聲。法醫部門一向表面有點惹人厭的行政主管，偷偷塞給其他偵辦人員某個兒少安置中心的小冊子，原來他除了在實驗室找犯罪證據，私底下的另一個工作，是建立協助安置青少年的中心。（見《逝者之證》）在另一部影集《重案組》中，女警長甚至收養了流落街頭賣身的少年為養子。然而以私人力量照顧邊緣兒童或青少年，一方面因為我們普遍相信，未成年人應該得到更多機會；另方面也可寄託希望於未成年人的可塑性。但是小柯在小說中，至少有三十歲了，醫生冒的風險，小柯自己也說了「我很可能真的會殺了他」。但是戈德曼醫師，沒有氣餒過。在還不知道小柯已捲入綁票案之前，他憑己力，繼續追蹤從他住處逃走的小柯，為的不是要找犯罪證據，而只是要確保小柯，不會落入「會對他造成不良影響的人」手中。從推理小說的觀點來看，戈德曼醫生這個角色的激進性，是不容置疑的。他以另一種方式堅持「真相與正義」，如果要預防受害──就要立即行動──沒有經費也沒有手續，就像其他偵探會被恐嚇或圍毆，他也一度被捆綁。──但那對他，仍然不成問題。

儘管如此，小說並沒有以戈德曼醫生的觀點為中心，小柯不願成為他的負擔，還有更深沉的理由。那就是做為一個人，不論他有什麼樣的過去，或被貼上什麼樣的標籤，比舒適或愉悅更重要的是，他想要「自我實現」──在和醫生幾度分離又重逢時，他這樣說道：「別人如果不需要你，他們不會高興。他們也許很好心很友善，像你待我那樣，可是如果他們不需要我，他們不會真的高興。」──小柯開始喜歡他自己的生命，因為他在他和菲的相處之中，看到他被需要與愛的可能——面對這，醫生也動搖了。當小柯願意跟他走時，醫生反過來支持小柯的想法，「你看起來比離開我家那時候要好上兩倍。」如果小柯真的建立起有意義的人際關係，那的確是比受醫生保護，更有益的——病人的這個進展是有風險的，但是戈德曼醫生從頭到尾，就不是個以冰冷權威控制全局的人，他不打算獨占他對小柯的影響力。這大概，就是小柯能夠認為他非常正直的原因之一。

小說把綁架案寫得十分細膩。小柯既非全然愚笨，也非全然聰明。他固然看出主嫌巴德叔叔在利用他，也可能會在利用他之後想要殺他，但是小柯以一種奇特的自尊心與思維——不會想脫離這個對他逢迎又虛偽的人，相反地，小柯想要拖垮他、整倒他，更甚於「理性犯罪」：拿到錢或逃過法律制裁。這個非理性的情感狀態，是介於狄更斯與杜斯妥也夫斯基之間地。然而對於「害怕被耍」的這種近於病態的瘋狂，又是湯普遜獨有的。小柯像「一般正常人」一樣，開始玩起所有「自保、自衛以及取得有利位置」的遊戲。除了更加焦慮或多疑，小柯無論爭功或諉過，在執行犯罪任務當中，能力都綽綽有餘。但是到後來他覺悟了，這個覺悟是，他了解到，他原也可能有另外一種人生，如果不存在，這種看到他，就只想利用他犯罪的人。

小說最後兩章，更可以說是推理類型最華麗的高潮與異數。小柯事實上，策畫與虛構了一個讓他自己成為主角的謀殺案故事，好使自己「不像自殺的自殺」，保全兩個他愛的人：綁匪菲和他綁架來的小孩。方法很簡單，動機卻很懾人。這個「推理小說中的推理小說」，不該被當成簡單的結局，反而，該被看成對推理小說巧妙諧仿與幽微嘲弄，它入情入理地呈現給我們推理的最高諷刺：以任何「正常人」都難以發明的謎與詭計，暗喻了主流社會無能想像的「事實真相」——關於一個「一生都不被社會信任與接納的邊緣人，他最最強烈的關懷與尊嚴」。他是所羅門王審判前的那個，會說謊的母親。這是一個有弱點的人，但也是一個真正的人。

輯　三

克莉斯蒂面面觀——輕柔的批判力

我們也可定調阿嘉莎的某些作品，事實上，
已站在本格派與社會派的銜接點上。

12 我私人的阿嘉莎

談到閱讀推理小說的愉快經驗，無論如何，都不能漏掉阿嘉莎・克莉斯蒂——然而，這或許是一個最不容易談論的作者。大體來說，她幾乎是一個奉公守法的謀殺作者——在她的創作生涯中，有高明的詭計，有驚悚的布局，也有令人難忘的凶手與受害人——不過，也可以說非常有趣的是，在她的創作生涯中，她可以說從來沒有要將推理小說轉型，或是以什麼策略寫作，來抬高文類身分那樣的野心之舉。就像莎士比亞寫戲劇，阿嘉莎寫推理——兩者都給人一種淋漓盡致的感受。後世不斷將他們的作品改編或是重製，然而它們在創作之初，倒是看不出什麼特別想要擴大版圖的傾向，反而帶有一點，只灌溉「自己的園地」，這種雖然也是有為有守，但也是相對內向、樸素的性格。

很多推理迷都談到，會對一部作品念念不忘，有時並不是因為這部作品最精采，而是因為那部作品，是第一部使自己產生類型忠誠度的關鍵之作：是從那一部愛上了推理，是從閱讀那一個作者之後，自己才開始自我定義為推理迷。因為這種非常個人的情感經驗，那種我稱為「定情作」的作品與作者，會在讀者心中烙下絕無僅有，且難以替代的獨特身影。在閱讀阿嘉莎之前，我看過福爾摩斯與亞森羅蘋，也看了不少希區考克的短篇推理——直到現在，看到「813的謎」這幾個字，都還是會使我感到愉快——雖然我完完全全不記得那個故事說的是什麼了。關於福爾摩斯等，我的感覺也類似。然而相比之下，阿嘉莎帶給我的衝擊，應該是壓倒性的。那是大概十三歲左右。當時並不懂得以任何綜觀全局的視角去看任何一部推理小說，不過追憶起來，我還依稀記得兩個關鍵時刻，一個是讀到《豔陽下的謀殺案》中的少女角色，那麼侷促、笨拙——尷尬於尷尬的年紀——說也奇怪，雖然當時已經是書呆子型的少女，但沒讀到過多少關心少女處境的段落——雖然我本人的笨拙與阿嘉莎描寫的，並非同一類型，但因為年紀的關係，我頗感到共鳴。這與謀殺情節沒有直接關係。然而不久後的另一個閱讀經驗，小說所帶來的親密對話，整個地更進一層——原因是，我竟發現，自己有著與凶手相似的心理結構！完蛋了，這是什麼心有戚戚焉……。

這倒不是說，我已經有了犯案的能力與動機。但是，既然惹惱凶手的那件「小事」，在當時，我認為也會惹惱我——只是說惹惱，可能太淡化了——如果不是阿嘉莎已經把憤怒的結果，攤在我面前，這同樣幼稚的怒氣，或許不會使我像小說人物一樣，精心密謀一樁犯罪事件，然而難道不會讓我在氣頭上，失手傷人？這個經驗，並不是常見的「對凶手感到憐憫」那樣簡單的感情，它其實深刻到，令我看到，自己身上就有的潛伏殺意。

一直到今天，偶爾我還會開玩笑說道，如果不是阿嘉莎，我也有可能早就走上殺人一途。從某個意義上來說，我因為在那個年紀，就被推理小說提醒，所以被拯救了。也就是說，在閱讀阿嘉莎的過程中，我的自我產生了劇烈的變化，過去視為理所當然的怒氣，我突然學會了，理智控制的必要——發現自己就像凶手一樣幼稚與自以為是，這絕對是一個非常挫折的經驗——不過只要想到，要不是提早透過閱讀，就消化與適應了這份挫折，自己究竟可能長成什麼樣的人呢？只要想到這一點，就會覺得推理小說，簡直就是我的救命恩人。而阿嘉莎，也像極了某種再造父母。

所以，我私人的阿嘉莎，也滿驚悚的——不是凶手就在我身邊，而是凶手可能就是我。泛泛地談「不可殺人」，這話誰也會說，誰也會覺得理所當然——但是，真正的問題往往在於，我們知不知道什麼事會惹毛自己，會使自己喪失理智——簡單來說，阿嘉莎讓我發現了，如此不完美的自己——在閱讀而非現實世界中就發現，這是多麼值得慶幸的一件事。我還沒有犯下錯誤，也還沒有千夫所指——**推理為我指出了避免蒙羞的道路，祕密地，那個還沒有被懲罰就悔悟的我，還沒有殺人就改正了的我，就是我在青春期時，從阿嘉莎手上收到的第一份禮物。**

13 一種女性派頭的誕生

也許有人會說：那是妳小姐天生頑劣，所以要靠著推理小說放下屠刀，如果是一般正人君子、善良百姓，豈需要推理小說來喝斥「回頭是岸」？這個說法也不無道理，要發現自己恰如凶手，這畢竟是相當極端的讀書心得，難道只是因為這麼獨特的個人體驗而推崇阿嘉莎嗎？當然不是——除了讓人「猛回頭」之外，閱讀阿嘉莎，主要還是因為它有無盡的樂趣。

《隱身魔鬼》是阿嘉莎的第二部推理之作。這是一部無法在推理小說史留名的習作：可以大致推論，阿嘉莎當時還沒有完全決定要做一個推理小說家，還是一個冒險故事作家。故事在快樂的誇張氣氛開始，在浪漫的婚約締結中結束——情節的推展，大部分都靠著**厚顏的巧合**前進，故事有很明顯的幻想氣質。然而，這是一部令人多麼愉快的小說啊。事實上，它所採取的原則，可以說是晚近推理影集奉行不渝的簡單公式：幸福二人組共同面對危機，一唱一和，直至化險為夷。這個部分有時幾乎可以獨立在謀殺故事之外，成為「推理」故事的王牌。比如在推理影集《謀殺》（The killing）中，固然情節的懸疑會占據我們的注意力，然而我自己的感想是，整部影集看下來，最迷人的原來是那兩張偵探的臉——其次則是他們的對話。那對話美妙，有時還不是來自機智迷人，而是其簡單的「鋪張浪費」——那些並不專注在破案的問候與互虧。天造地設的兩個人（未必指愛情）——《識骨尋蹤》劇情不但延伸到破案搭檔結為連理，還一起養小孩；《靈書妙探》也類似，不同的是，攜手前行的是現代社會的繼親與重組家庭。但是這種雙雙對對，未必一律都走入婚姻與愛情，改編後的《妙女神探》，法醫與女警，是偶爾會一起慢跑的閨密。比較保守的像《阿蒙探案》，以阿蒙生有缺憾為由，發展的是主從關係較明顯、男女角色較刻板——甚至帶有幾分母子原型的職位配對：女人是無微不至的照料者，男人是永恆的天才小男孩——這雖然不太能取悅我，但我知道，這將撫慰某些有大男人主義者的觀眾：他們一輩子的理想就是，可以不必成熟長大，但又能得到成年男人的地位。

或者愛情、或者友情——除了以「永不孤單」這個理想吸引人，二重唱還有另一個作用，可以更好地寄託所謂「派頭」。派頭是什麼？這裡說的不是例如倪匡的衛斯理，隨時可召集能人高手為他開方便之門的優越形象，派頭可以是更細緻的東西——即使低調也會是一種迷人的派頭。英國影集中的布朗神父，就是相當看重偵探「派頭表演」的一個代表，而且不是大開大闔型的——神父沒有什麼身手，但他無論輕輕頷首或一個微微傾身——在在都傳達了一種美妙的節奏與氣氛——**派頭是介於看得見與看不見之間的舞蹈。是一種全身性的表情與人格的感官成分**。但是，像飾演布朗神父的演員那麼高段的人選不可多得——小說又主要是靠文字傳達——這裡我們就可以提起阿嘉莎的一個特點，她掌握了派頭的精髓。我甚至不得不說，她是罕見的例子——原著小說經常比螢幕形象，更完美地詮釋與釋放，派頭的韻味。

湯米與陶品絲，雖然不像白羅與瑪波小姐那樣形象鮮明，但是以上述的派頭定義來看，他們仍然可看性十足。這是非常奇異的成就。到底祖師奶奶的神祕配方是什麼呢？

推理小說長期都是「女性氣質」奮戰——或說向「女性氣質」下戰帖的重鎮。以女警而言，有部早期影集中呈現的女警，孤軍奮戰（她真的只有一個人）的對象不是罪犯，而是男同事的性別歧視與性騷擾。雖然像美國影集《犯罪心理》的角色配置，仍然服從相當傳統的男女角色，其中男人很明確的代表了領導、經驗、智商與勇氣等角色，女人則負責協調（公關）與技術——雖然在分配上並無新意，但大體仍肯定女性的職業表現與工作能力，並有更正污名化女性氣質的作用。其中女人職掌電腦科技，男探摩根為男性性侵倖存者等安排，多少回應了一個世紀的社會運動與婦女運動對性別平權的呼籲與努力——在《重案組女警》中，女警在職場上已較少遇到阻力，生活中的挫折，多半因為遇人不淑，或是男同事不甘心只是做為婚外情的對象，因而以私報公扯後腿這樣的問題——女警之間已有團結意識與情誼，懂得彼此維護與支援。女警被摒除於探案與權力職掌這樣的情節，今天看到，多少會覺得恍如隔世。不過，BBC影集《幸福谷》在全力打造才德兼備的黃金警長凱薩玲一角時，這個出場時即是祖母的辦案女王，在第二季時，也藉著酒吧中酒後吐真言的場景，說出了在警界工作中，因為性別歧視的早年艱辛。

無論是否持有明顯的女性主義立場，許多推理小說家都有藉著小說這個工具，將性別議題納入的實際貢獻，比如渥特斯的《毒舌鉤》，除了主線與家庭性暴力有關，在支線上也花了不小的力氣，派出男女各一兩成人，對女孩解說人工流產與女孩的受教權，這使得小說幾乎有種少女教育小說的味道。《骸骨花園》以底層男性在醫學院奮鬥為主線，然而對於過去男女不平等，包括因為教育與職業抱負的受限，造成受壓抑女性的性格扭曲，也並不吝惜筆墨——女人要受教育、要有工作——這些近年來的影視與文學作品，即便不是任一性別議題的先驅挖掘者，仍舊透過創作，不斷提醒讀者，這些過去女人奮鬥而來的權益，仍然必須在每一天的日常生活中，不斷深化與落實。推理小說主要是娛樂，但頗令人驚訝的是，這項娛樂事業，與一向被視為嚴肅且不特別有趣的性別議題，其關係似乎比較近於併肩戰友。

當我還是小孩的時候，我讀過林海音仍勸導職業婦女回歸家庭的〈綠藻與鹹蛋〉，不久，我讀到阿嘉莎的《豔陽下的謀殺案》。令我印象最深的還不是謀殺故事，而是其中對一事業有成的獨立女性羅莎夢（她創立自己品牌的服飾店）的極端讚賞——是的，職業女性已經存在——但是讚賞她們？不是讚賞她們的貢獻，而是將她們描繪成本人愉快，也令人愉快的人物——不，在我成長的過去年代裡，這種正面的態度還是稀少的。

在《空幻之屋》（又名《池邊的幻影》）中，阿嘉莎讚美的對象換成了女雕塑家，但根本上，還是在展開對女人職涯的理想描繪。《五隻小豬之歌》裡，一樣有兩個討人喜歡的職業婦女，性格穩重的家庭教師威廉斯小姐，以及她的學生：一個不受臉上傷疤影響，在學術上有所成就的年輕女性——爽朗的安吉拉。可以這麼說——**職業女性是阿嘉莎小說中，最受到祝福的一群**——並且也不僅只限於高成就的專業女性。在《順水推舟》中，憐惜的對象是在農場工作的女人——在故事中，雖然是個有弱點且被利用的人物，但是「她和她的工作」——在小說情節裡，也占據了某種因感人而耀眼的地位。女人在阿嘉莎的筆下，也許會因為貪心、不體貼或殺人等原因而「不吸引人」，但很少因為身為女性而無緣無故遭殃，女人被當成性物或性玩物，大概從來沒出現過（除非阿嘉莎要為她們翻案）——阿嘉莎幾乎沒有或只有很少的厭女症——她更像一個深知世途艱辛，堅持鼓勵少女向上的女教師。這個女教師也許不會總是談論男女平等，但她對女人保持某種信心與愛護之意——根據的是教育的原則與倫理。在性別歧視仍然隨處可見的社會中，**阿嘉莎對女人近乎保證的支持態度，與這**

百年來阿嘉莎受到的廣大歡迎，難道毫無關係嗎？畢竟，無論男女，在性別平權一事上，每個新生的一代，都較上一代，更有意識且擁抱得更多一點。

生於一八九〇年的英國，阿嘉莎的前半生，性別歧視是高度制度化的，大學不給女性與男性平等的入學機會，女性也還沒有得到投票權。如同許多歷史研究指出的，第一次大戰的爆發，對社會中的性別分工產生深刻的影響。《隱身魔鬼》在第一章就留下了這方面的印記。陶品絲在開戰後，進入軍醫院工作，阿嘉莎罕見地寫了很長一段沒有中斷的自白（她的對話一般並不冗長），但完全不是以日常陳述的方式進行：

「……第一個月，她每天要洗六百四十八個盤子。第二個月獲得升遷，負責擦乾上述那些盤子。……第八個月，事業受到小小的阻礙。……那年年底，帶著一身榮耀離開醫院。之後才華洋溢的考利小姐（即陶品絲本人）陸續開過貨車、卡車，還為一位將軍開過座車。……」

《順水推舟》從另一個面向，帶到戰後男女形象與關係的轉變。因為戰爭而離家投入工作「見過世面」，尤其變得獨立自信的女人，回鄉後，必須面對始終待在農場工作的男性戀人，包括自卑、猜疑與嫉妒的情感。阿嘉莎對於女性做為戰時勞動力的態度，並不是簡單的誇耀或支持，陶品絲以愉快的口吻描述一定程度單調沉重的工作——**任何一個家庭主婦，都不至於洗到六百四十八個盤子——所以工作內容本身，不會是使陶品絲津津樂道的原因。**

陶品絲之後說了她的理由，她之所以在戰後還希望如同戰爭期間一樣，在外工作的原因，就是「不想回家」：「……我父親是個慈愛的人，我非常喜歡他，可是你不知道我有多麼為他擔心！他的腦袋還停留在維多利亞早期，認為穿短裙和抽菸都是不道德的行為。」

脫離維多利亞式的父家長「關愛」束縛，因此是陶品絲欲望出外工作的原因。阿嘉莎並沒有將陶品絲描述成一板一眼想要平等權的女人，她賦予她的反而是「比不傳統還不傳統」的性格，「我真心誠意、盡忠職守了好幾個月」（這口吻無疑是帶有諷刺意味）的目的是，「原本打算撈個地勤工作像是女郵差、公車車掌之類的，好圖個輕鬆愉快的事業做做」。這個性格我們可以大致歸類在「淘氣」與「玩世不恭」——

這是對女性服從性質的雙重反叛：不只想要掙脫男女角色的傳統分配，她還「好享受、富心機」——一度陶品絲的野心甚至擴展到想以犯罪為業——「只要我們打出知名度，別人或許會雇用我們去為他們犯罪。」

在這個角色上，阿嘉莎掌握了小說某種非常原始的功能，提供讀者幻想與冒險欲望的出口——更有趣的是，陶品絲所有不守規範的大膽言行，還透過一個比較能言善道的「郭靖」湯米，用調侃與反掣，苦口婆心地循循善誘——湯米的襯托，不但使得陶品絲的大膽更加有滋有味，也使得陶品絲的衝動與犯規，清楚地限定在有所防護的範圍：恰似安全帶繫緊的雲霄飛車。

既狂想又實際——非常亂來，卻又總是回到理智——這個二重性算不上非常了不起的創新，然而它的應用，在解放女性氣質一事來說，不是深耕、不是細作，但仍可算是一套聰明植栽。

引申來說，阿嘉莎的推理小說，即使在沒有以任何性別議題為關懷中心的情況下，她也培育了一種女性派頭——後來的美國女偵探鐵三角，雖然形象更加鮮明，女偵探的膽識與性格也大幅成長，同樣喜愛行動與冒險，同樣善於諷刺與自嘲，卻反而沒有阿嘉莎的陶品絲來得野性與層次豐富——這雖然有可能是個別作家天賦與興趣所在之不同，但也有其他可能的原因。其中一個是，由於阿嘉莎時代女性形象更加稀少與刻板，創造出一個活潑叛逆的女性角色，或許更加能夠回應一般或作者本身的性別苦悶，等到女性生活範圍已大為擴大，堅強女性的模範已經有更大的可見性後，雖然「堅強愛冒險」一事，仍是女偵探的底色，但是大約在陶品絲誕生五十年後：梅西·米勒的秀蘭花更多精力在探案的實作；葛拉夫頓的梅芳更重視自律，比如慢跑的樂趣；派瑞斯基的華莎斯基有更多時候直接面對法律問題與肢體暴力——活潑佻達這件事，雖然仍保存在女偵探的個性中，「冒險」與「工作」已經成為可以深入的現實，陶品絲的嚮往與追求，多少是時代的產物——在所有陶品絲出現的阿嘉莎小說中，陶品絲都比後來的女偵探有更大的性格活性，原因是——她仍經常被摒除在正式工作邀約外（與湯米相反），她只能以非正式的方式參與，有時連「與會」都還要靠她早年的「犯罪氣質」與決心。靠著喬裝打扮與偷聽……。最後則是因其智慧與貢獻，而使她最初的不服從變得可被「放水」寬容。陶品絲超過動——這是「越壓抑、越叛逆」

的簡單力學。這一切都可以看作阿嘉莎的另種巧妙置入——既不單純破除限制，也不安於現狀——女性普遍受到的排斥，被陶品絲一人以非正規的方式突破——這也許不具有百分百的女性主義精神，但是它對讀者，想必還是能夠發揮鼓勵的作用。超前時代這件事，在推理小說史上，或許不太能以「是不是在女警還不普遍之時，就寫出女警探」這麼呆的方式去查考；陶品絲身在當時英國的現實是，因為一次大戰結束，女性出外工作再次受到打壓與歧視，陶品絲空有抱負與熱望，卻「碰到停戰來攪局」，「被掃地出門」。

儘管陶品絲沒有因為性別歧視而死，或去謀殺什麼人，阿嘉莎沒有議題化與戲劇化性別歧視的傷害性（她之後有更多推理小說家，在作品中表示歧視致殺或致死），不過如果我們將推理小說看作一種更加整體性的書寫，不認為只有圍繞謀殺與破案線的資訊，才有與讀者溝通的價值——比陶品絲看似蠻不在乎的抱怨與衝撞更重要的是，她的樂觀與堅持——「在下就是一個令人討厭的頑皮女孩。」——在冒險終局，陶品絲面對一個「厭惡女人的老傢伙」，仍然如此自信地說道。

我不會推崇《隱身魔鬼》的詭計與布局，我喜歡這部作品的原因，比較是由於它的「阿嘉莎之味」。謀殺構想還未成為阿嘉莎能夠出手的長處，她大量運用的，是她的語言喜劇優點，無論受害者或凶手，在這部作品中，都不像之後的作品，會令人印象深刻——我們甚至可以說它不太有說服力。然而在這個阿嘉莎的摸索期，我們因禍得福地，得到一幅同樣在起步階段的女偵探畫像，以及她與她所處的社會氛圍與性別處境，一番巧妙對話。

不安於室——相較於個性偏拘謹的阿婆神探瑪波小姐，或是大手大腳的推理小說家奧立薇夫人，陶品絲更是阿嘉莎靈活的性別實驗。奧立薇夫人有名氣有地位，瑪波小姐是一向被瞧不起的老處女形象的翻案：通達事理且均衡自得。這兩者都有不同型態的人脈來使案件流入手中，兩人每次出場時，都沒有很大的年齡變動，只有陶品絲，阿嘉莎從她年輕寫到年老——不像她的丈夫湯米，可以被認為是當然的社會中堅與參與調查活動——一直到陶品絲的老年，這都是陶品絲恆常的哀愁，與她起而行去對抗的困境——與奧立薇夫人與瑪波小姐在不同社會背景中的名聞遐邇相比，**阿嘉莎讓陶品絲經驗更多女性所會受到的忽略滋味**，更經常將她放在由於性別逆境導致的困難中，但在同時，這個限制也讓阿嘉莎更細膩與廣泛地，將對女性處境的議論插入故事中——陶品絲更有性格與派頭——她有時真是一人對抗全世界——因為就連搭檔湯米都對性別歧視束手無策。

在距離《隱身魔鬼》四十多年後，陶品絲出現在《顫刺的預兆》中，她是兩鬢已灰的年紀，但是陶品絲對自己被排除在湯米可以參與的男性職業聚會（小說中那叫做「國安聯」）一事，依然不減怒氣。她在此時承認，再多的竊聽與智謀，都無法讓她打入男性正式編制的工作與社交圈，不過阿嘉莎只讓陶品絲的憂鬱一閃而過，取而代之的是，她讓陶品絲自封為私家偵探，著手她自己的調查行動。雖然阿嘉莎沒有大張旗鼓地批評隔絕女性的性別歧視，但她堅持沒有把陶品絲寫成一個快樂的賢內助或甘心的小幫手——即使在《鴛鴦神探》中，她扮演湯米的祕書，都讓我們能感到這是在嘲諷社會較能接受的刻板形象——這個後來我們會稱為「性別敏感度」的東西，在阿嘉莎作品中的比重不大，但當她決定踩住哪一點時，推理天后也還是相當不妥協。

女性推理小說家先出頭，再來才是她們筆下的女偵探——雖然公認有「正式」偵探身分的女偵探，直到一九七七年才出現（！）——寫於一九二二年，想成立青年冒險公司的陶品絲，可以被看作對此未來已經努力不懈地探頭探腦——評論者提到一九七七年，甚至為創造女偵探的女作家加上「勇敢」兩字！在這五十多年間，當然不是空白的——阿嘉莎的三名女性，都以「非正式」的表現，先行累積了「第二性」入行的熱望與範例。**陶品絲作為阿嘉莎第二部推理小說就出場的人物，如今看來，別具紀念意義**。不只因為她先寫了，還因為她寫得——既有教育又有娛樂效果。

14 讓我們注意她的隱性文本

阿嘉莎寫了大量的男男女女，若干角色與形象，如果認真研讀，其寫作的勇氣與尖銳性，可以說不讓女性主義者的評論或批評專美於前。《白羅的聖誕假期》的核心人物是做為家中暴君的父親——他並沒有與所有子女住在一起，而只是這個「老頭子」，要召集眾子女一起過聖誕節，就令眾人在心中「人仰馬翻」。除了凶手的揭發，相當震撼人心以外，對於父極權與父濫權所造成的子代傷害，既令人意外，又充滿感染力——我們真的通常沒深想……。（因為不爆雷所以不能寫下去）《萬聖節派對》，是一個倒轉的伊底帕斯，一個被逃離的不適任父親，再次回到一對母女的身邊……。被某些評者認為缺乏說服力的《美索不達美亞驚魂》，考驗的或許是讀者有沒有能力理解，即使有知識與「人格」的男人，一樣可能因為癡情與嫉妒而完全喪失理智，看似平靜地瘋掉。《五隻小豬之歌》認真地處理男性藝術家玩弄年輕女人，造成的後果——儘管在最後結語中，作者透過白羅之語，將解決之道較指向當年的少女，必須為自己的成長負起責任，學會在這世上，不是只有愛恨兩種感情，然而阿嘉莎將創傷琥珀化的能力，使得在整部小說中都有點惹人厭的輕浮者，從看似頭腦簡單或自私的第三者，變成有血有肉的「戀愛中的女人」。

推理小說的形式與破案的結構，有利於將作者的論述包裝並延遲到最後一刻才展現，被包裝與延遲出現的批評——無論批評的是一種人物典型或是行為特色，作者都不能開門見山，否則就無法將懸疑與解謎納入小說，這反而使得尖銳的批評，必須經過多樣化的演繹與斟酌，雖然小說的意旨集中在尾段才能算揭曉，可能冒險讓記不住結局（若干推理小說確實會有這種功效，某些作品不經複習，我也會想不起謎底——據說阿嘉莎本人也有此毛病。）的讀者，失落最後的拼圖，但是這個透過反覆拼圖（拼圖也包括了嘗試錯誤）才能得知的「一句推理良心話」，往往也可得利於這個各種角度的「體驗的時間」，而遠比一個主張或一項觀察，更能使讀者對某個主題，深入浸淫。很少推理小說的謎底是不重要的，但是有許多推理小說，只讓揭開謎底一事，扮演「終於真相大白」或「令人鬆一口氣」的完結角色，在阿嘉莎最高明的一些作品中，**她最獨特的能耐在於，小說的結束總是能被有效地「凸顯」成另一個開**

始——而這個效果，很少單單只是因為意外與驚奇，如果說我們感到意外與驚奇，或說，我們因為自己的意外與驚奇，而感覺愉快與感謝，在阿嘉莎的小說中，不同於許多後來的警察劇，著重在繩之以法的大快人心基礎上，阿嘉莎的藝術更立足於「悲愴」——因此那不是抓到我們忽略的凶手，而是抓到我們忽略的感情與人生。

阿嘉莎從未玩弄那種「凶手也可逃掉或凶手更高明哈哈哈」的情調，在謀殺一事上，她即使對兒童謀殺犯也不網開一面，甚至讓知情的大人與兒童同歸於盡——這當然多少受限於過去對兒童心理的知識較不完備——到了阿嘉莎的後繼者詹姆絲，小說中對於兒童謀殺犯就採取更多制度性的教育與監護[5]。這也反映了社會智識與人權觀念的演變。阿嘉莎小說中私刑兒童的原因，是以為若讓兒童歷經審判，將太過殘忍——晚近的思想，當然很難同意這種將兒童與成人一視同仁的態度，兒童畢竟尚未發展完全。不過我也不了解早年如果審判兒童，大致會是什麼情形——為什麼審判小孩會比殺死小凶手殘忍？可以推論當時應該沒有今日對兒少的若干保護原則。阿嘉莎小說中

5 參考《私家病人》，聯經，2008。

幾次出現殺死凶手的情節，原因多半是因為親人不忍曝光凶手身分，決定殺害凶手的「執法者」，通常本人陪同自殺，如同自處死刑——並未因為以執法者自居就活了下來，所以即使小說出現這種解決方式，還是傾向於認為，這是迫不得已的極端處置手段。

大部分的阿嘉莎小說，都結束在發現凶手是誰就完畢，凶手後來受到什麼樣的審判或處決，讀者很少與聞。或者也可以說，小說關心的是謀殺如何發生，懲罰反而比較不重要。謀財害命並不少見於阿嘉莎的筆下，然而貪念很少是單一的動機，伴隨貪念的往往還有其他事物，比如野心——事業的或是情欲的——表面上，我們置身的是犯罪終局；然而更深層抵達的目的地卻是人類感情。一種光譜般的存在。我們可以說，文學藝術處理的都是人類的感情光譜，

閱讀，就是讓人們能夠細緻分辨我們認識或不認識的感受。但讓光譜出現並不是一個知識搜藏癖的過程，因為只是「知道」是不夠的。

阿嘉莎流派會條件化讀者知道的方式與過程，往往不是為讓讀者叫得出任一種感

情標籤的命名，比如憤懣、冷酷或是自私——在處理人類感情一事上，阿嘉莎其實擁有後來社會學家會肯定的「複雜能力」——我曾想過可以用一句話總結葛拉夫頓的字母系列，那句話就是「沒有百分之百的人渣」，這個說法看起來很普通，然而其實也可以引申為「在地獄中看出不屬於地獄的成分」。但是我對葛拉夫頓的嘗試，不若對阿嘉莎的成果滿意，原因在於葛拉夫頓太過直接與熱切，有時三兩步就可以從故事走到啟示——除了《凶手的意外》比較例外，葛拉夫頓能成功地「按下不表」——相反地，雖然白羅囉嗦且說教，奧立薇夫人脫線並多話——阿嘉莎卻很少借助對話或文字，明白點出小說旨趣——**我會說她始終謹守「提示的藝術」**——如果把這一點視做作者的自我要求，這種立場更近純文學而非通俗文學（松本清張在這一點上的激進則只能說是無以復加）——所謂正統或純文學始終凌駕於通俗文學的一個倫理高度就是，不滿足讀者對答案的依賴，沒錯，推理小說不能把謀殺謎底無限期地留下，但那不等於在其他部分，推理小說就不能留下空間，刺激讀者思考——真正該解的謎不是謀殺謎團，永遠還有另一個包覆的、藏匿的、變形的謎團寄生在謀殺文本之中——但是究竟誰是宿主，這是很難說的。將阿嘉莎讀成謀殺故事的單文本，至少會失去一半的樂趣，反之亦然。

法國新小說特別使「書寫中的反身性」引人注目，然而在阿嘉莎的小說中，這種文本的鏡像或是非封閉特徵，往往更不露痕跡地在線性敘事中就納入。看起來沒有使用任何令人印象深刻的多文本形式手段的《萬聖節派對》，就是一個絕佳的例子。小女孩米蘭達對白羅描述她的玩伴喬伊斯時，後者的撒謊惡習已經透過不同人物的揭發為讀者所悉，然而在這個時刻出現的米蘭達證言，呈現一種完全對立於眾人的觀點：誇大的故事只是歡樂的來源——喬伊斯只帶給純真的米蘭達趣味。這真是了不起的神來之筆。

喬伊斯與米蘭達恰巧是「壞孩子」與「好孩子」的代表——這種分別是為了方便說明，絕對的壞孩子與好孩子都不存在，每個小孩身上都會同時分布這兩種特性，但某一極的個性有時較占上風。在這個故事裡，壞孩子的特性可以說是，自我意識比較強烈，想要被注意與被佩服的欲望超過了一般的比例原則。有論者認為米蘭達沒有先一步說出是自己而非喬伊斯看到謀殺場景，是這部小說必須被質疑的一點，這剛好可以用來說明，我推崇阿嘉莎的理論——間接的藝術筆法。——小孩子並不是沒有個性的存在，米蘭達的好孩子個性，反映在她對書本與成人，也就是權威的服從。從好的方面來說，她因為有教養且好學而立刻得到稱讚；從壞的方面來說，這也就是小孩容易被成人利用或制伏的弱點。米蘭達帶白羅走小徑、鑽樹籬——大人對她說不該走難走的小路，但她表示這路較短——在她的隱性性格裡面，也有可能被大人標示為「壞」的成分——事實上只要是小孩，都會有兒童才有的邏輯，以及自發的創造力。——我自己在一定年紀之前，對找到一條別人不知道的小路，就曾經非常著迷。米蘭達的母親盡量不在米蘭達面前談到謀殺，我們經常忘記在兒童與成人之間，存在有對話的藩籬——成人一方面認為兒童藏不住話，一定會自動把重要的事說出來；另方面又認為兒童不會與聞真正嚴重的事——一旦生活中有了大事，多半避開兒童而討論。有一次，有人採訪電影導演高達，其中一個問題是，「當您是孩子的時候，您會和您的父母交談嗎？」高達道：「不，和大多數人的情況相仿，**我『回答』**。」

如果米蘭達確實要說出一件事，她首先必須要有對象——但那個可能的對象不在，即使白羅在場時，母親也先把她支開才談論謀殺，這是第一個她不會說出來的原因；當米蘭達與白羅在路上交談時，她問白羅是否有人注定會淹死，這表示她雖然知道莎士比亞，但是對於死亡或謀殺，仍有相當孩子氣的觀點，她的理解是脫離現實的一種理解，或說「太過文學性」。她好奇的是，有沒有更大的力量或更重要的原因，會導致死亡——當她對喬伊斯說自己目睹了一場謀殺——這更接近喬伊斯說自己見到了印度君王，米蘭達的這個版本，是為了迎合並且回報喬伊斯的友情。米蘭達的「我目睹」，與成人說這話時，所具有的考慮是不同的。

我們在之後也會看到，她推理能力的不成熟，使她認為是「她不應該告訴喬伊斯」，如果她沒有告訴喬伊斯，喬伊斯就不會死——這種只看到事物的外部邏輯，掌握不了事物的內在關係——就如《豔陽下的謀殺案》中，少女不確定自己刺小人的巫術是否導致他人死亡一樣，這種「錯誤的自疚」遠比我們想像的普遍。米蘭達不會對別人說出來的另一個原因，一個比缺乏對象更沉痛與深層的原因就是：**自覺有錯的人的第一反應就是守密**。如果友情版的「我目睹」是為討小同伴喜歡，米蘭達內心的版本不太可能那麼愉悅——因為她在犯罪現場感到過實際的害怕。愉快的友情版，可能正是最普遍的反激作用，因為壓抑恐懼而表現得「快樂無憂」。顯然她對米契說起過，但米契反而利用機會誤導她。

罪疚感的解除不容易，尤其她身邊還有成人——米蘭達所喜歡的成人米契操縱她的罪疚感。**人都傾向不質疑自己喜歡的人**。這個一般的傾向，如果變得極端也會很黑暗，使人無法對犯罪說「不」。一九二四年美國發生的「婁伯與里波路案」，十七歲的婁伯與十八歲的里波路，兩個天資不差的富家少年，殺害了與他們無冤無仇的十四歲少年——婁伯確實想殺人，里波路則是因為太喜歡婁伯，所以沒有拒絕邀約，「我太喜歡他了……因此，對於任何他的不良惡習，我都不會感覺到的。」——我們都看到過對名人崇拜性的愛，可以多麼瘋狂與荒謬。但在公開領域活動的明星，言行會受到一定的監督與約束，即使明星號召粉絲做什麼，通常也不會太過離譜。雖然我們也不能忘記像希特勒或毛澤東這樣的人物，即使暴露在公眾視線中，也只有極少的理性精神能夠保持清醒，並且最後還是不敵集體的狂熱與迷醉。

如果這類偶像與粉絲的偶粉關係，是隱密且不為人知的呢？《萬聖節派對》中，米蘭達對米契言聽計從——關係的原型即類似粉絲與偶像——米蘭達才十二歲，米契對她的興趣，並非容易受到制止或有法律糾正的性愛關係，揭曉謀殺時，終於凸顯了操縱者的可怕，但不能不令我們想到，米蘭達的遭遇很可能更壞。她也可能被操縱到親自成為罪犯。雖然米蘭達對米契為惡一事已有知覺，但就像里波路對妻伯缺乏抵抗力一般，即使威脅的是她本人的生命，她也願意付出代價。白羅曾在閒聊時問米蘭達，她會怎麼處置自己的敵人，她說會對敵人友好，因為不願意傷害任何人，但也說可能會用藥讓他們安樂死，進入甜美的夢鄉不再醒來。也就是說，米蘭達已有很清楚的「願別人死」的情感與經驗，如果死亡像長眠，如果剝奪生命只是讓人不醒——米蘭達認為那就不屬於，或不是屬於非常嚴重的傷害——我們可以想像米契必定會向米蘭達保證「不痛」——因為痛會引發兒童自衛與自我保存的對抗意識。米蘭達早先一直在森林裡尋找傳說中的許願井，為什麼呢？傳說中有小孩掉進裡面。米契在此埋屍。在米蘭達的無意識中，她已前往許願井會合，她早知道謀殺的真相。但她不願承認米契就是凶手，所以她始終找不到那口許願井。

沒有對象、自疚感再加上對惡人不由自主的愛，這三個原因，阿嘉莎都給予了充分的線索，使得米蘭達的緘默入情入理——而這些元素，都比繞著米契的顯性文本，創作者的自戀人格，美男子的性魅力之類，說了「更多的故事」——**阿嘉莎不起眼的隱性文本，往往是既有深意又有力量的**。當米蘭達仍然力圖合理化米契對她所為，能夠令她從自疚與殉美的念頭掙脫出來的，正是那口許願井。前來搶救米蘭達的青年告訴她，在井裡發現了失蹤女孩的屍體，阿嘉莎這樣寫：

米蘭達突然痛苦地大叫起來：「不是在許願井裡吧？不是在我一直渴望找到的許願井中吧？噢，我不希望她在許願井裡。誰——誰把她弄進去的？」

從破案的現實主義來說，屍體比井重要得多——究竟在哪一口井，怎麼會有差別呢？但是對米蘭達的個人心理來說，是有差別的。許願井應該是美好的，代表了願望可以實現的希望——但是米蘭達自己說出來的原因，是因為那口井裡曾經有小孩掉進去過——很少使用「痛苦」這類形容詞的阿嘉莎，用十分經濟的手段讓我們想像，米蘭達的複雜心理——她不想發現與想發現真相的情感矛盾——名為「痛苦」，實不為過。

這部小說還花了相當大的篇幅，以各式人物的不同口吻，繪製了一整幅英國人對移住工人——外籍幫佣奧爾加（小說中來自中歐）的歧視，從人道主義的律師到同為勞動者的清潔婦，都各自有「良心不會不安」的排外之道——當奧爾加失蹤，沒有任何人正確地關心過她的安危。唯一可能有點判斷力的是，還算喜歡奧爾加的僱主洛林史邁夫人，但她過世了。後者喜歡前者的原因，很可能不太能登大雅之堂，據律師回憶奧爾加的說法是，奧爾加讓必須忌口的她吃奶油——雖然不遵醫囑被看作任性不智，對有成見的人來說，也可以視為奧爾加有心害死老太太的證據。然而我倒是覺得，**這個感情基礎可笑與世俗得令人感動**：上年紀的人有許多無法被滿足的樂趣，表現出貪吃，在一般親友面前，顯失尊嚴——能夠通融並且給予實際協助的奧爾加，成為溫暖與體貼的依賴對象——感情雙方或許都過於孩子氣，但這還是感情。

奧爾加為這愛面子的夫人盡心盡力的程度也是非比尋常，老夫人不希望人家知道她老得無法動筆，奧爾加的工作，還包括有模仿老夫人筆跡回信——這任務如果一定要推脫應該也是可能的，只要模仿得不像就夠了——模仿筆跡可不是件輕鬆的事——然而奧爾加這個勇於任事的過去，卻成為老夫人過世後，眾人看她更如罪犯的事例，**這是很深、很深的諷刺**。貫通全書來看，阿嘉莎是比小說中的律師，更能冷靜為奧爾加所承受的不公辯護。白羅甚至在一個查案過程，直搗排外與歧視的雙重標準，對著貌似關心公益的某人說道：「聽說她（奧爾加）也是來自破碎家庭呢。」此外，遺囑一段，也讓我們看到，單單法律其實無法保護被歧視的弱者，凶手如何與社會偏見合謀，認為就算奧爾加不作偽，還是會被當成作偽者——這番揭露，今日讀來，依舊令人凜然。

「米蘭達的痛苦」與「奧爾加的命運」分別是《萬聖節派對》中的兩個隱性文本。米蘭達會自覺害死喬伊斯，另一個可能的詮釋是，她也感受到自己對米契的愛，與犯罪相類——她與母親並無不睦，然而米契教唆她出逃時，她卻並無母親會憂心的顧慮——小說絲毫未將矛頭指向做為單親媽媽的茱迪。關於如何防範未成年人誤交匪類，《萬聖節派對》的立場相當值得注意。至少可以說，小說並沒有採取一種防堵的觀點，而是傾向承認這一類「所遇非人」的悲劇感情難以避免——頂多長相陪伴以及事後補救。阿嘉莎沒有讓白羅以權威口吻私下分析米蘭達，而是讓白羅與米蘭達直接對話。米蘭達在這時告訴白羅，她非常愛米契。**這雖然悲傷，但也讓我們鬆一口氣**——當她可以把話說出來，她就有機會面對、處理與成長——如果米蘭達要得到幫助，無論是她本人或其他人，先要能夠接受她的「本來面目」。我個人覺得這部小說最雋永的部分，都出現在白羅與米蘭達對話的地方。阿嘉莎讓我們看到與兒童對話的特殊難度，那些對話的功能並不限於透露「案情」，而是示範了成人對兒童應該有的一般性關注。

米蘭達是唯一因為生病，而沒有參加萬聖節派對的小孩，人人都說喬伊絲討人厭，誰也沒想到她會有好朋友，白羅詢問了喬伊絲的姊姊和弟弟，派對上的其他人，米蘭達原本可能會是被漏掉的一個。如果不是米蘭達自己說出來，白羅也未必想到可以詢問她，而我們對喬伊絲的印象，也會始終停留在她是一個人緣差又可笑的女孩。然而阿嘉莎只用三兩行話，就讓我們完全信服，這份友情不但入情入理，甚至感人至深。這不但與案情相關，也使我們真正、深刻地感受到**喬伊絲之死的悲慟性**，因為喬伊絲這個小孩的獨特性是與米蘭達相繫的，之前她只是一般般的小孩——甚至白羅都只問誰與她不和，沒問誰與她要好。然而米蘭達一席話，雖然沒有推翻喬伊絲愛吹牛與愛說謊的事實，但實在也讓我們想到那個說法，某種幾乎是神性的善良，「只看到最正確的東西的那種聖人頭腦」——想想，有多少後來的天才，不是一開始從闖禍、搗蛋開始的？

在結尾時，白羅甚至不願做為救命恩人而被米蘭達記住，寧可米蘭達遺忘——小說非常幽微地提醒，這事對米蘭達造成的創傷多麼重大。雖然遺忘這種建議，並不非常符合心理學的健康法則，但竟讓喜愛居功的白羅能做此表示，實在令人印象深刻。米蘭達是關鍵證人，她不指認，不算她自己本人部分，至少有三個命案無法成立——白羅所有的推理都屬於間接證據或無證據，而米蘭達不願揭發（比較硬的說法會是，她被米契洗腦）米契而想要包庇米契的這層孩子氣心理——她自己可能不完全清楚意識有多麼危險，但白羅卻是明白的。他沒有用下禁令的方式保護米蘭達，卻預備了兩名守護天使尾隨她，阿嘉莎筆下熱心公益者有時包藏禍心，但小說中的最後總動員，倒有幾分現代社區運動的味道：發動青少年參與兒童保護。

在阿嘉莎的男性負面人物中，《萬聖節派對》中的米契，大概是最難令人有好感或同情的。阿嘉莎大膽的成分，不在寫出米契性格上的冷酷，而是她還不忘挑動讀者的神經：米契除了一般性的魅力，他還確實是一個藝術上（不只是世俗意義）成功的藝術家。小說出版時，阿嘉莎快八十歲了，她已經累積至少超過十本以上，推理手法純熟的經典之作，做為通俗小說作者的地位，這種成就已經是超拔了。從詭計的層面來看，《萬聖節派對》的水元素仍是一絕。與她的其他作品相比，這部小說用了更多的略筆，非常簡約。在終局時，阿嘉莎透過茱蒂的遭遇，肯定女人在必要時刻，對某種男性冷酷感到恐懼的「本能」，採取為子女斷絕父系血脈的自保與護幼手段，獨力撫養小孩——這在強調由血緣與生殖關係來組織父親權力的社會來說，可以說前衛到頂了。除了希臘神話阿卡曼儂的典故，我們推測不出阿嘉莎個人有過哪方面的感觸與經歷，使她能在小說最後，採取如此激進的態度。

在現代推理影集中比較濫情的傾向，有兩個大的父權復辟走勢，一個是強調罪犯會因兒女誕生洗心革面，如果女人讓出獄的更生人知道他有子女，他就會有意願展開新生，所以父子或父女相認一事，變成還負擔改進治安的犯罪防治功能；另一個，則是父親雖是黑道或是殺手，但是父愛更不變，必要時還可以因為「專業能力」，及時開槍救兒女一命。《莫拉的雙生》改編成影集後，最大的差別就是，莫拉的生父生母，從唯利是圖取器官賣錢的犯罪者，一變為資助慈善事業的黑道（父親）與從事人道救援的醫生（母親）——這在原著是完全沒有的。原著對血緣關係的批判性態度，在影集中非僅蕩然無存，甚至可以說面貌變得相當狗血（恕我直言）——雖然影集還是挺好看的。

在影集《落網》中，當連續殺了多人的罪犯，非常愛護子女的畫面出現時，彈幕仍然會出現例如「好感動！」之類的讚歎。這種令人想到「父愛匱乏到飢不擇食」的狀態，可能需要更全面的觀察與分析。一方面這是因為親情被假定人人有獎的自戀基礎，就如同商品消費邏輯的最大宗仍訴求個人自戀，親情做為個人外擴範圍，有一定的商品利基，為母親買蛋糕，為父親買按摩椅——這一類的廣告，不可能希望消費者對父母親抱持過於理性甚至批判的態度，文化商品在親情可貴一事無限上綱，與低成本的卡通以打殺暴力取勝，有其相通之道（發展更有內容的劇本需要更高預算）——**「親情好懂」就像「拳頭好懂」一樣，可容許廉價與快煮的便宜製作**；除此之外，近二十年來的歷史發展，比如對家庭暴力的禁制或兒童福利的加強措施等，都在破除「天下無不是的父母」等迷思，也逐漸擊破「親情放諸四海皆準」這種神話。比如《六人行》這類的影集，就是巧妙地想以室友感情來平衡「親情獨大」的傷害，帶入了包括自殺遺族、父母離異、以及無藥可救的親子關係（比如莫妮卡的母親總是挫折莫妮卡）等較現代性的親情議題。親人不和與親子不和的禁忌，已稍加打破。

然而感情改制或新創沒有那麼容易。「四種愛」如果將神愛不算，只剩下愛情、友情與親情——愛情與友情多半被認為有過程，也還要些努力，對象才會出現——相比之下，舊式的親情概念強調落地天成，經常容許非理性情感一秒沸騰立馬向前衝——回到前面所說，親情讓更生人幡然轉性，這未必不可能，但一個比較理性的態度是，人們應該被容許透過觀察到行為改變之後，再下判斷——然而親情不可擋的流派，往往有削弱觀眾理性與選擇的企圖。BBC的《幸福谷》仍在處理這個向度的掙扎，生父在第一季末尾，一度要讓親生兒陪葬於火場，但是親生兒仍對他愛之不渝。第二季出現親情派強勢代表的戀罪犯女子，狂妄地認為造亂於嬤代親職的女警凱撒玲對此小兒監護，有如代血緣生父替天行道。凱撒玲所代表的理性精神與真實教養，暫時還未落下風，但是多少已令人起疑，如超自然力量般的血緣父親突襲，是否會在之後的影集捲土重來，再次給出「血緣好棒棒」的大團圓場景。

推理小說重智性與腦力的傳統，與家庭的激情表演，長期能夠保有多變的距離。真實的親情與健全的婚姻家庭，會負起照顧弱小以及文化傳承的責任，也能確保個人的成長，它的貢獻與優點，我們不該忽略或低估。然而「親情迷信」與「家庭控」，也需要不斷被拆穿與揭發，這是推理小說與追求平等與理性的現代社會，可以共赴的目標。**在小說改編影集這一步中，除了少數例外，推理小說對待親情較清冷、低調或批判的視角，往往被肥皂劇型的家庭劇場所替代。**寫在四十五年前的《萬聖節派對》，謹慎地對某種與父權法則斷裂的「逃妻」做出祝福與肯定。這可以說是值得珍惜的「茱蒂的文本」。小說中對血緣親情有可能造成的自然相契並不迴避，但難得的是，小說並沒有草率與粗暴地回歸有問題的父權家庭，關於愛錯人到生下小孩的女人，阿嘉莎的態度相當溫柔——遲到的改正，遠比不改好。

這個並不經常能見於正史或是公眾的「女性逃難者」形象，如何透過與社會的其他連結與幫助，再開始與再出發，後來的女性主義或社會學研究，將給出更實際的細節與更多重的面貌。雖然不能在推理小說中，全面針砭性別歧視的不公，阿嘉莎還是寫了不低頭的自封偵探陶品絲；對於茱蒂這樣活在角落的勇敢女人與獨立母親，阿嘉莎慷慨地令個性精明的奧立薇夫人，成為願為她們拔刀相助的好友（借出她不願隨意招待人的家中空房）——奧立薇夫人這樣描述母女兩人：「……米蘭達妳見過。我對她們有一種特別的感覺，感覺她們挺重要，就像是與一場好看的戲劇有什麼關聯似的。我不知道那是一場什麼戲……。」——這應該是非常盎格魯薩克斯風格地，在描述「愛」這種感情吧。

15 四大類型　各領風騷

我自己會將阿嘉莎的作品大分為四種類型，在整理這份清單時，我很驚訝地發現，阿嘉莎或多或少是個具有憂鬱氣質的人，她的很多故事，如果一探究竟，都有悲傷與痛苦的底色，然而在閱讀過程中，卻很少令人感覺到陰森與晦暗。我想這恐怕要歸功於她的藝術處理能力。就像萬分哀愁的小調，會帶來舒暢的效果，極端恐怖的戲劇，也能釋放不安——不是說阿嘉莎本人具有不變的平衡性格，但是書寫的阿嘉莎，展現的確實更是昇華，而非發洩的力量。

雖然我將她的類型分為四種，但卻不是以一般優勝劣敗的想法做排序。若干評論會以一種要求「超人」的態度，責備她的某些作品不如某些作品，這雖然也有智力刺激的貢獻（或完美主義的危險？），但對推理小說或文學的整體發展來說，我認為用一種不同的方式認識阿嘉莎，我們也許會更有收穫。

歡樂冒險故事，可以說是她作品中，最不被賦予價值的類型，然而我仍然建議閱讀，之前我已經透過討論《隱身魔鬼》，帶出她塑造女性派頭等貢獻，在這類筆調輕快的作品中，阿嘉莎比較自由地流露她的社會觀察與生活哲學，它們有時是某種**現代化的美德故事小品**，輪番上陣的主題可能相當多樣，但它的討論方式相當有趣，比如女性拜金（《隱身魔鬼》），不同階級男女的友情（《為什麼不找伊文斯？》）等。

相對於這些較鬆散的故事，阿嘉莎在重量級經典中，就幾乎不放任她的散文化傾向，也不像書寫前一類時，會時時搞笑（笑魁上身頻率明顯降低）。她致力的是劇力萬鈞，且改變推理小說歷史的里程碑作品，在這一類型中，除了創新精神以外，推理小說的三大基本元素：起始的懸疑；過程的跌宕；結局的震撼——都受到恰如其分的加值——雖然謀殺動機與方法，會是她經常被標記的傑出之處，但我認為，**我們可以更注意她的統合能力**，以《東方快車謀殺案》為例，這是一個如果沒有推理小說的遊戲形式，就會太過沉重的悲傷主題——從我第一次讀到，中間經過至少二十年沒有重讀，再次打開時，還未讀一行，就讓我流下淚來。如果要分析我奇怪的感情反應，我認為，這是因為阿嘉莎，將一個重大且艱難的主題，結晶化在這部作品中了。現代社會中，暴力的非直接受害人，可以如何面對（暴力及死亡暴力造成的）遺棄與痛苦？一個現實主義的看法，可以認為，與其像小說中那樣行動，不如設法改變法律不公；但我想提醒，那是兩個不同層次的問題，小說——推理小說——應該嚴肅地被置放在想像的虛擬空間。**《東方快車謀殺案》的深層主題，其實是哀悼。**這些重量級經典，如果不能讀過，在一定程度會無法進入一般性的文化討論。雖然不知道《馬克白》是什麼，可以用維基百科暫時應付，但就像俗語說的「飯要自己吃，書要自己讀」——尤其是名單中的前三部作品，往往指稱特定的表現手法，在各種藝術與學術討論中，也會被引用，所以它們都不僅僅只屬於推理或是通俗文化的範圍，更像不能略而不提的通識。至於《無盡的夜》與《死亡不長眠》是我個人相當偏愛的作品，稍後我會挑比較被忽略的《死亡不長眠》做討論。

再來，我又將阿嘉莎的作品分為半推理（偽推理）與懸疑奇案兩類。這兩類推理的成分依然非常濃厚，要將作品切換到另一類，往往也無不可。但我持的標準是，作品在那一特點上，表現尤其出色。之所以將某些小說命名為半或偽推理，如同我在討論《萬聖節派對》時所敘述的，必須看到它的寄生文本在哪裡，而這些暗文本或次文本，往往並不遜色於謀殺故事，一方面它構成了謀殺故事的養分，另方面將它獨立或拆開來閱讀時，又挾帶大量豐富的訊息——以這個角度閱讀阿嘉莎的作品，除了故事的推理成分，它類似人類學上的觀照，也是不可錯過的美味。

我個人非常喜歡《美索不達米亞驚魂》。在故事敘述者上，阿嘉莎選擇了一個女性擔任，這與故事的暗文本非常相關——眾所周知的，人們經常流傳一種說法，謂女性對同性的評價容易傾向貶抑——這個說法往往又對女性進行雙重壓迫，一方面表示女性沒有公正的能力；二方面似乎又把能夠公正的女性視為不女性，是異類。這就非常討人厭地縮減女人的發言權。如果妳說同性的好話，有偏見的人認為妳不可能是真誠的；如果妳被認為夠公正，有偏見的人，又會認為妳在性別氣質上不對勁。

這部作品的主軸就在顛覆「紅顏禍水」這種性別歧視的言語積累。主述女性對女主角，帶有非常浪漫的觀點，與其說這是對不對的問題，更是「可不可以」。阿嘉莎對兩性都做出了特殊的觀察與批評，女性方面，她揭露了女主角的某某主義底下，隱藏的或許是獨立自由的欲望——後者固然可以被肯定，但是動機可以隱藏，這也有導致對自我盲視的問題。小說中的「再愛一回」被認為離奇，但其實未必。人類行為中的「我改變，我還是一樣」是可以觀察到的有趣現象。癡情被認為不太是男性的特性，所以男性往往也必須隱藏得更深，也變得更難以疏通。至今社會事件中，情殺也多是男人犯的罪，阿嘉莎認為有一種凡事會悶在心裡的男人，小說裡批評的，倒不是個別男人與女人的特性，而是一般性的偏見。就像她的「奧爾加文本」，**她把那些「歧視紀錄」寫得很好看，然而反歧視的部分——又更好看一些**。

跳脫對男女性別氣質的刻板印象，才能破案——推理小說常常重複這個教訓，但這樣的提醒並不嫌多。阿嘉莎獨到之處，不在翻轉最常見的「有無力氣」這種性別事，她關注的是更細膩的部分，**半推理中的另一半，並不是「不推理」，而是結合了更屬於文化反省、文化推理的觀點**——米涅．渥特斯大概是比較繼承阿嘉莎這個優點的作者，《女雕刻家》或是《毒舌鉤》都值得推薦——但在技巧上，她不如阿嘉莎靈動。李普曼有很強——有時也很成問題的（幾乎對所有的社會議題）反動可能——在探索問題死角一事上，李普曼不像阿嘉莎予人較開放的印象，然而就抓虱子一事論，李普曼兼收正反意見與挖掘細部的能力，敬業倒是不讓阿嘉莎。李普曼早期的作品，我努力過還是看不下去（有睡著過——也可能當時欠睡眠），不過她後來的《蘿莎與梅蘭妮》或《記憶之牢》，即便若干內容不無爭議，仍相當值得一讀——這類作品並不排斥男性讀者，但她們更有意願去承擔整個文學傳統中，不開發或不關注女性成長主題與困境的缺漏——這總是無法排除女性被歧視的經驗——將這些作品與作者一起研究，不一定要重複她們致力過的性別焦點或奮鬥——這些技巧與前例，對於想要擴充寫作能力中，為弱勢或「還沒有名字的弱勢」發聲或充權的寫作者，可以帶來不少啟發：每個人的性格，都包括了一部分的社會性格，**推理小說往往也有錄下「社會雜音」的功能**，這種屬性我們可以在半推理類型找到。

在懸疑奇案類，阿嘉莎未必放棄她在半推理中，高明拍照型錄音功力，不過，這些作品在情節設計上，出奇致勝的成果，提供我們更多「推理小說是怎麼寫成」的線索。不像重量級經典，會使人認為「此書只應阿嘉莎有」——懸疑奇案是她既能中規中矩，又能別開生面的園地。這類作品平衡了其他三種特性的長處，既有重量級經典中完整的謀殺故事，但詭計或情節沒有那麼複雜，使她可以有更大的餘裕，發展半推理中的社會觀察與冒險故事的趣味——雖然不若經典那樣無與倫比，還是掌握了一兩個，或許是動機、或許是詭計，他人難以匹敵的震撼效果。這類作品帶來的閱讀快感往往最大，它們更像音樂，令人喜悅的，是整個只有時間才能給予的享受過程。《畸屋》還是寫了《等待果陀》等劇作的貝克特的愛書——是他愛書單排名，沒有前三也有前五的作品——貝克特迷應該會喜歡這個八卦。它也是阿嘉莎個人認為「寫作是享受，不是工作」[6]的代表作。是她視為在專業寫作之餘，她給自己的「快樂時段」。如果想要了解推理小說的本格多樣性，這一區很適合已對推理創作有興趣的人們——畢竟，阿嘉莎有的，不只是寫了大經典的功績，她有能力細水長流，變化不同內容的推理故事，陪伴我們度過人生的各種時光，這也是讀者對她如此愛戴與喜歡的原因之一。

6 語出《阿嘉莎·克莉斯蒂的的祕密筆記》。

四大類型的清單：

歡樂冒險故事	《隱身魔鬼》、《鴛鴦神探》、《為什麼不找伊文斯？》、《白馬酒館》
半推理或偽推理	《美索不達米亞驚魂》、《白羅的聖誕假期》、《五隻小豬之歌》、《池邊的幻影》、《萬聖節派對》
懸疑奇案	《豔陽下的謀殺案》、《畸屋》、《謀殺啟事》、《弄假成真》、《顫刺的預兆》
重量級經典	《羅傑艾克洛命案》、《東方快車謀殺案》、《一個都不留》（另名《童謠謀殺案》或《十個小黑人》）、《無盡的夜》、《死亡不長眠》。

16 阿嘉莎與「性」：《死亡不長眠》

在這趟「發現阿嘉莎之旅」的最後一站，我想來談談《死亡不長眠》。阿嘉莎沒有在她生前看到這部小說的出版。在她去世十個月後，此書才問世（1976）。早年我對這部作品的第一個關切，就是，這是否是她有意要在死後出版的作品？在我年少的眼光裡，這部小說觸及了相當禁忌的主題，也許基於靦腆的原因，作者會想留到死後再出。

不同於某些評論者不滿阿嘉莎晚期作品「不夠巧妙與連貫」，我反而認為，越來越有自信的阿嘉莎，大大降低了她盛年時面面俱到的周延，那些明確交代，比較能夠有效服務較被動的讀者所需要的「說明清楚」。「**唱得很輕一直是我的夢想**」——如果借用某位歌劇女伶說過的話——筆力清空，墨色淡枯——作者的意念更加後退隱藏，虛寫大於實寫，阿嘉莎晚年作品的旁敲側擊，我也是隨年紀增長，才越來越能領悟妙處。從越來越不引導讀者思路與文本開放性愈增兩事來看，除了是意境的轉換，從某個角度來說，或許也更符合推理小說，拉讀者下水參與、更主動加入而非被動閱讀的初心。

初次閱讀《死亡不長眠》，小說就在我心中留下不可磨滅的印象——除了推理故事的不同凡響，我會注意到這部作品的原因是，我認為這個主題很難寫。所以我對它在整個阿嘉莎寫作生涯中扮演的角色，一直渴望能有進一步的了解。而它果然不太尋常。

研究指出，它有可能在二次大戰期間就完成，又有資料顯示，它是更晚時候動筆——我個人的推論則是，阿嘉莎有可能相當重視這部小說，她可能希望將它修改得更好，也可能考慮——如果她將某些元素利用到非常理想的狀況，她或許就要把作品的前身廢棄——即使那是已經完成的作品。可以確定的是，如果她在一九七二年就寫信告訴編輯，她想如何為這本書訂下書名，那麼在一九七二年時，至少已有作者認可與編輯閱過的一個定稿。這部小說創作過程是否有更多曲折？背後的原因是什麼？我相信未來會有其他研究，使答案更加準確。而雖然她在一九七二年時與編輯討論書名，這部小說做為作者意願中的遺著地位似乎從未改變。《死亡不長眠》當中另一個驚人的細節是，出現了在《顫刺的預兆》中的關鍵場景，就算是會忘記某些故事的結局，那個「壁爐談話」卻可以說是阿嘉莎的十大經典驚悚，每回看到我都好像心臟病要發作一樣——但是寫在《死亡不長眠》時，它只是一個場景——如果判斷《死亡不長眠》早於《顫刺的預兆》，「壁爐談話」或許久縈於阿嘉莎心中，而一次她用來過場，一次發展成完整的命案。兩家機構的名稱不一，前者是精神療養院，後者則是養老院。牛奶、時鐘、壁爐——驚人的重複，連問話的內容也只有長度上的更動。當然，壁爐是家庭的象徵——但是通常不會去看看壁爐後面——熟悉《顫刺的預兆》的讀者，在此是否會得到破案的線索？這簡直就像《大法師》裡面的小女孩經典扭頭畫面，出現在另一部電影裡……。

相較於白羅系列，瑪波系列更常遭到揶揄。如果有人要貶抑阿嘉莎，瑪波經常首當其衝。但是邏輯往往十分不通——我印象中阿嘉莎會受到的攻擊，就是說她所描寫的犯罪事件不夠社會寫實，背景是寧靜無事的鄉村——氣氛安逸——都已經發生了謀殺，到底是哪裡安逸？是不是可以稍微停止人云亦云呢？認為寫實的犯罪小說要有黑幫或是槍戰，多少是一種男性沙文的觀點。盡可能要死在大街上或是都會叢林……，死在家中或鄉村的女人，又不是娼妓又不是明星——很可能因此不被感覺到夠重的犯罪味。我當然是不同意這種想法的。阿嘉莎寫了更多居家犯罪——在家庭暴力還不被當成議題的年代！或許應該更看到她的先驅性才對。**討論《死亡不長眠》也是一個很好的機會，澄清一下阿嘉莎與性的關係**。我覺得這是相當有趣的一個主題——當她的其他原著在法國被改編成電影時，最明確的痕跡是——法國人難以了解或是判斷法國觀眾難以了解，在一個性欲如此少見的狀況，如何令人感受到暴力或是衝突存在？於是就加幾筆通姦，添幾個僕人發生性關係的場面……。真是令人忍俊不禁。我實在認為阿嘉莎被誤解了。她確實沒有寫床戲的特殊欲望，也很少針對讀者的窺淫癖進行局部的身體描寫——不過，要是以為阿嘉莎的作品中沒有性欲成分，不能讓人多了解一些「關於性欲」的種種，那就大錯特錯啦。

阿嘉莎並不迴避性欲。然而她更關注的是，性欲在人的整個人格與行為中扮演的角色。《死亡不長眠》仍然是含蓄的——但卻同時也是一部，令我們清清楚楚看到阿嘉莎性態度的作品。直接說及性欲的段落並不多，然而整個故事揭露兩件重要的「性知識」。一個是關於男女之間不對等的問題：除了年齡因素以外，占有欲常是性的占有欲，這個問題在我們的文化中，從來不夠被說得夠明白清楚——性行為不能只指床上的行為——生活中的虐待狂，一直到最後的謀殺，狡猾的性欲是必須被考慮的因素。不能以正常方式滿足的性欲，還會以毀損性對象的謠言散布方式，行使對性對象的人格殲滅。另一個「你該知道的性知識」，或許是，在缺乏對前一種情勢的了解之下，處於無知的一方，仍然會被損害，而這些損害是有連帶性的……。一直帶到後來的愛戀與婚姻關係中。很大的連帶性。

當我看到評論說，這一案可以給白羅或湯米與陶品絲來辦，我著實大吃一驚。選擇瑪波是很有作用的。由她來揭示相關的性知識，更有教育意義——因為這要表示的是，這並不是被任一性壟斷的性資訊，應該像「吃飯前要洗手」那麼基本的常識，是每個人都可以具備。做為年事已高的老太太，她懂得被隱蔽的家庭性醜聞——她是從對父親型男人的了解，得到關鍵透視的。要解開謎底，光是懂得老男人也不夠。這裡還牽涉到，懂得被蒙蔽在「性之霧」中的少女心理。這樣的少女說不出來有什麼不對勁，她用逃避或是保守祕密來保護自己，雖然就連她自己，也說不出為什麼要這麼做。

讓白羅懂老男人的部分，似乎有點困難——不是因為他智慧不夠高，不見多識廣——《死亡不長眠》中的知識，恰巧是正規的見多識廣最幫不上忙的。因為它恰巧既不是走遍五湖四海，也不是熟知三教九流，就能聞一知十的東西。必須有某個特別了解家庭文化的人。除了凶手，大部分的人頂多能感覺到有「鬼」，猜不到也想不出，問題可能出在那裡。而凶手還有非常完美的掩護。白羅有可能，與凶手交心到凶手洩漏祕密嗎？長久以來，白羅都是比較懂得正常性心理……——至於不正常的性心理，後來作家都各有發展，比如派瑞斯基的《暗紅殺機》等——但是《死亡不長眠》具有特殊的難度是，性心理始終高度內隱（在《五隻小豬之歌》中，高度內隱的性欲也是情節之一。）發洩的行為是變形過且轉移過的——不易辨認。有說《死亡不長眠》幾乎讓人想起羅斯．麥唐諾，這倒是有意思的比較。太深的扭曲心理，這是連問都問不出個所以然的。小說中設計的謀殺爆發點，凶手的絕望情緒如何來的？——也都相當可信。**凶手的毛病就是受不了情況轉變。**屍體就是這樣來的。

如果我們在最後，重新拼起來謀殺是怎麼開始的，那個由於「無法得知，也無法言明」的性知識，具有很深的悲劇性。我不知道熟悉英國女詩人白朗寧的生平，是否會使讀者對這部小說更有概念？瑪波在〈後記〉中提起的人名，是白朗寧的親屬，中文版沒有加上典故，有點可惜。阿嘉莎或許並不是刻意參考白朗寧的傳記，維多利亞時代父權家庭的情境，阿嘉莎可能記憶猶新，對女性社交與婚姻自由的限制，除了公開的禁止，表裡不一的虛偽，或許才是那種環境中，女性防不勝防的致命問題。男性受到的摧折是另一種，較間接，但下場未必不殘酷。《死亡不長眠》也寫了這一層。

瑪波在小說中，對「花痴」、「女色情狂」與「私奔」等概念都做了扼要的闡述——訂正了普遍的性別歧視。但這並不是只從表面語意上糾錯而已。阿嘉莎揭發了父權結構，同時也是父權性欲占有欲的結構。這個結構為了鞏固它的利益以及遮蔽自己的濫權，會散布特定的知識與資訊——非但不客觀中立，其中對女性的貶抑，不是觀念錯誤那麼簡單的問題，而就是權力施行本身。由瑪波周旋其中，這當中也有一種世代對話的意味，年輕一代的女性有了更多自由，但礙於缺乏性別問題的歷史知識，用來形容與理解女人的字眼與概念，其實還是「古板」的——瑪波做了關鍵的修正。

她並沒有臨老而突變，她始終是「能夠想到性上頭的」。只不過，她只在有必要時才開口。

「霧中性風景」——這比「霧中性交風景」要難寫得多。後來處理類似主題的作品，許多都會以性侵犯行為本身的暴力與具體可觸，來確保對抗雙方的善惡分明，《龍紋身的女孩》系列，性侵罪證確鑿到可以用錄影設備祕密拍下——這與《死亡不長眠》要處理的罪行隱密性，不可同日而語——有些罪行是拍不到的。在謀殺之前，凶手並沒有動被害人一根寒毛。

阿嘉莎透過小說，將限制他人自由而非肢體暴力，所能造成的傷害，描寫得深入淺出。

瑪波是如何藉著在花園中做園藝而監視嫌犯的動靜？阿嘉莎沒有太陷入實際作戰的細節糾結中，她使用的是巧妙的小說剪接技巧——受害人當時除了一聲尖叫，其實嚇得喊不出聲音，凶手進入屋子之前，既有可能見到，也有可能未見瑪波，當然啦，到了緊要關頭，不要被抓到的念頭，已經不是凶手的最主要考量了……

瑪波的武器弱到爆，**她竟然是用肥皂水制伏凶手！**既然在花園，也可考慮一下使用更威風凜凜一點的鏟子或是花盆嘛——但是即使肥皂水也是綽綽有餘，只要知道對準該對準的地方。肥皂水的出動，除了讓人想到防狼噴霧器，還幾乎是小孩子的玩具。這麼樣的家常、簡陋、稚弱——這個選擇除了有阿嘉莎難以扼抑的喜劇傾向，它還是一種信念。瑪波要制伏的對手，本身也不靠手槍殺人，甚至連繩索與小刀片都不用——凶手的最重要後盾，事實上也是社會的信念，對於擁有這類身分的人所給予的過分高度信賴——瑪波的強勢是一種心理強勢，這種強勢，是一種堅毅的懷疑精神。瑪波代表的是一種反傳統監護的新監護精神。老年人的經驗還是很重要，但不是為了自身的利益。這裡有種阿嘉莎的請命：為年輕女子的自由——當然也是為年輕男子——因為如果年輕女子沒有自由，總是得繞道而行的年輕男子，也談不上自由。

在斯賓諾莎的《倫理學》中，對情感的起源及本性深感興趣的哲學家，定義了「溢譽」這個概念。斯賓諾莎說：「溢譽」，是出於愛而將他人看得過高。與此相對的是，出於恨而將他人看得過低的「藐視」。溢譽與藐視，都使人無法持平地觀察與判斷他人的行為。而為什麼我們會有這些溢譽與藐視的心理？這往往有其社會與文化根源。**一部精采的阿嘉莎，通常也是溢譽與藐視問題的多方辯論。**毀損某一人或有某種特性的人（比如難民、外國移民）的名譽，有時可以配合謀殺行動，散布某少女愛玩這樣的謠言[7]，可以使她的失蹤看起來更不足掛懷；這套八卦政治學，有時也有反面的用法，比如塑造不幸與可憐的受害者形象，可以使人完全忘記必須考慮的謀殺動機。所以，偏見至少可以用兩種方式幫助謀殺，一是因為受害人被藐視，使得死亡與謀殺完全不受注意；二是因為凶手躲進偏見織就的盔甲中，令我們難以生疑。

一個偏見可能掩蓋另一種偏見，比如我們以為，自己對病人會誇大病情這種現象自覺免疫，但是在力求不帶偏見時，認為這不至於是害人動機時，我們也不自覺地壓抑我們的某種觀察力與批判力，忘記病人也可能野心勃勃，會想在情欲或地位上另謀高就。這一類的例子，在阿嘉莎筆下不勝枚舉。偏見不是單一的錯誤，它常有螺旋體

7 在買賣原住民少女的人口販子與做為賣方的父母之間，我們也看到類似的語言策略運用。參考黃淑玲研究。晚近的例子，「喜歡交朋友」這一類說法，也經常用來貶低移住看護工（外傭）的人格。

般的多面性，如果我們要免除偏見對我們的負面影響，只是在我們心中，翻轉某個刻板印象或偏見是遠遠不夠的。必須永遠對偏見更加小心，因此，必須更深刻地去了解人與事物……。了解真實。

在一連串對阿嘉莎的禮讚中，我沒有將《謝幕》放了進來，原因僅是，我認為這篇小說濃厚的憂傷，似乎並不適合作為「第一本阿嘉莎」，我個人的建議是，最好至少讀過一本以上的阿嘉莎之後，再來讀它。也會更深刻地體會這本小說，白羅對抗白羅，推理小說審判偵探事業——「阿嘉莎反阿嘉莎」的特殊筆法。與《東方快車謀殺案》有些類似，推理小說的鬥智遊戲緩和了這部小說主題上的嚴肅傾向，並且可以看作對推理小說的基本原則，一種哀悼。阿嘉莎在其中總結了她對謀殺的看法，在制式謀殺一事上，賭上了推理小說核心的部分。沉重更甚《無盡的夜》。此外，這部小說也再次運用了「雙文本」對質的形式。雖然原始的出發點應該是為解決推理敘事的需求，但這種破除單一文本的傳統，除了推動敘事以外，**也使閱讀更帶有觀察文本的分析性距離：請不要輕易照單全收讀到的東西。**這是令人十分有樂趣的。

現在我們已經知道，即使是推理小說這樣的娛樂事業，作者仍不能倖免於外在的政治情勢與因之而來的干預。阿嘉莎的一個短篇，因為明顯影射或說根本直指希特勒，而曾遭拒登[8]。後來的研究，補充了對這一事項的兩種不同觀點解讀，一說是編輯擔心惹出外交事端，未若小說家先知般的反感於「煽動者」；二說是，阿嘉莎一向表示對政治不感興趣，那麼為何不沖淡小說的政治現實感來推出呢[9]？

我想在這兩說之後，加入一點意見。雖然我們很難推測拒登一事，對阿嘉莎造成什麼樣的精神上的痛苦，但這造成小說家事實上的「做白工」——就一個非常有意識以版稅賺取生活收入的寫作者如阿嘉莎而言，這種投入時間與精力卻無報酬狀態[10]，想必是會極力避免的。雖然「坐在浴缸中構思」的畫面，會使人以為她的工作相對輕

8 約翰．柯倫著，《阿嘉莎．克莉斯蒂的祕密筆記》，遠流，2010。

9 一說作者為詹宏志，見〈閣樓裡的作家手稿〉，《阿嘉莎．克莉斯蒂的祕密筆記》序。二說作者為約翰．柯倫。見同書頁449。

10 雖然在法律層次上，阿嘉莎仍是有酬並有談判空間的，但顯然這牽涉到不純是法律層面的權力角力。

鬆，但如果我們注意到她在自傳中的表示，做為職業作家與業餘的差別就是，前者即使是不想寫作時，也必須強迫自己動筆。——寫成小說一事，絕非彈指易事。曾有評論稱阿嘉莎為精明的女商人，如果我們認同阿嘉莎小說裡對女性創業家或女性企業經營的喜愛，這種封號，即便論者有輕微的嘲諷之意，應該都會被阿嘉莎本人視為正面評價。

對荷包很不利的這個現實，既包括有與編輯反覆交涉的時間損失，在之後還包括了加寫一篇代替的麻煩。這其實是對推理「離題」時，一種巧妙卻堅實的經濟與政治制裁，這也提醒了我們，推理小說也並不因為它的非正統或娛樂性質，而不受某種政治——包括出版政治的壓力。如果一九七〇出版的《祝福之祭》，在出版之前，曾收到請作者「刪去那些有關印地安人的鳥題材」的退稿信[11]；一九七〇年，梅西．米勒推出推理系列時，將女偵探設為有八分之一的印地安血統，或多或少，應該被視為勇氣之舉與匍匐前進的策略。也因此，推理小說的政治性，並不能夠脫離社會脈絡，完

11 參考安德烈．柏納編著的《退稿信》，台北：寶瓶，2006。

全由作者本身的興趣與能力來取決。阿嘉莎或是其他推理小說家，如果對外宣稱或是在小說中對政治「保持距離」，我們不能完全不參考當時的歷史背景。為什麼阿嘉莎在《國際學舍謀殺案》中，要「冷不防地」讚揚一個共產主義女青年的品格？這難道會是小說家隨意的信口開河？一九五五年，這本小說出版的年代，根據身在英國的馬克斯主義歷史學家霍布斯邦的說法，「公共政策鼓勵歧視（共產黨員），而且把我們當作潛在叛徒或真正的賣國賊看待，我們並深受上司與同事懷疑。」（《趣味橫生的時光》，頁213）雖然英國的冷戰氛圍，或許不像美國麥卡錫主義排共那麼樣地大張旗鼓，但是偷渡那麼一個「違背國策宣傳」的情節，不太可能是阿嘉莎閉著眼睛隨便寫出來的。

從某個角度來看，阿嘉莎對她的政治態度必定有所保留，除了大環境的情勢、她本身的興趣問題、還有她可能「用不感興趣掩護她多多少少非主流的意見」——這都是有可能的。湯米任職政府機關，阿嘉莎的推理小說也常稱讚某人有愛國心，不過湯米的女兒卻稱湯米的同僚為「老糊塗密使」。我並不認為阿嘉莎對某一特定政治思想深入鑽研，但是她可能對任何形式的政治宣傳都有個人感受上的不快。既然她對操縱名譽的日常性政治，一向敏感並且透過推理小說，打了一輩子的交道。她的傳記紀錄片也有資料佐證了這一點，她在二次大戰期間，拒絕過一份為英國政府撰寫戰時宣言的工作，寧可致力推理小說。而「控訴希特勒」一節，在她未發表的短篇小說中，展現的政治觀點是很奇特的，除了貶低希特勒本身的政治能力，小說還主張他是更大結構的傀儡——在歐洲整個認識戰爭或認識德國的文化裡，這都是相當冷門的意見。

放大希特勒的責任，是看待德國戰爭罪正反方都難擺脫的方便之門。意圖脫罪的德國人，假想納粹問題，是全體德國人遭一個邪惡德國人（或奧地利人）陷害，而懶看歷史的其他面向；意圖治納粹罪的一方，也樂於強調希特勒一人萬惡，因為一個魔鬼的象徵，比複雜的分析容易凝聚憤怒。阿嘉莎卻認為「斑衣吹笛人」不見得一定帶走小孩，而有可能以吹笛能力，將大眾帶往另一個方向，這種看法，不見得是完全獨創，但從大眾傳播的領域來看，獨排眾議的姿態很難說是不強烈的——雖然獨排眾議本是她的推理好戲，然而某些發揮，顯然還是受到抑制。

《謝幕》看起來遠離了政治塵囂，回到阿嘉莎第一部小說的發生地史岱爾莊。但有一個重心還是可以看作「很政治的」，那就是對以無形武器間接殺人的關心。《謝幕》的別名可以是「借刀殺人可能嗎？」雖然全篇沒有政黨或政治名人的身影出現，不會被當成有影射意味。但我認為，這在某個層次上，仍然回歸了她在未發表小說中的關心：社會該如何思考，非直接得利、純為滿足權力欲的操縱性謀殺呢[12]？在短篇小說裡，她的理論傾向載舟覆舟，魅力可以轉移渠道，挪為他用；但在《謝幕》裡，阿嘉莎的態度則更加嚴峻與憂慮。雖然整部小說解謎的本格特徵仍最為強烈，但是也有一個可被解讀為更加社會派的角度——凶手並沒有固定的本性，每個人都流有可能殺人的血液——凶手之所以成為凶手，犯罪之所以從念頭變成舉動，有時取決的是社會關係的良好作用有無，並不存在絕對正直不殺的好人——阿嘉莎雖然在主文本裡，仍然寫了一個本格派所需要的絕對罪犯（但其人並不動手殺人），但如果我們注意她的次文本，一種「謀殺乃是某人的社會關係出了問題」的反省，已見端倪。偵探，真正的責任已經不是抓到凶手；**偵探或說推理小說的責任，已悄悄地轉移為如何照顧好他人——因為沒有被照顧好的人，就有可能成為凶手——而不僅僅是成為受害人。**這是

12 關於這個主題更細膩的作品，無可避免地會想到宮部美幸的《魔術的耳語》。

《謝幕》這一作品，相當大膽明確、但也格外有意義的理論。而所謂照顧，如果將其視為豪俠出馬或是守護天使隨行，可以說仍較接近本格思維；但是如果視照顧為一種必要的社會行為，我們也可定調**阿嘉莎的某些作品，事實上，已站在本格派與社會派的銜接點上。**

17 智慧是一隻蝴蝶

現在我們很容易找得到熟讀阿嘉莎的讀者，一一駁斥對阿嘉莎的誤解。比如當有人質疑阿嘉莎是否是性別歧視主義者，因為她筆下不少女性角色，都相當樂於擁抱家庭，反對這種立論的人，馬上可以列舉阿嘉莎寫出的非典型女人加以反對。這種「點對點的訂正」，具有一定的意義，偶爾我也會心癢想要下場對打，然而，這種單純的博知與記性，也會冒險將推理小說讀成一個「人物屬性即一切」、太過平面的敘事世界。

是不是只有去寫了女性，才表示有女性意識？但是描寫男性，難道不也是介入性別關係詮釋權的方式嗎？人物是凶手、偵探、還是被害人，才表示作者阿嘉莎比較看重他或她？如果有答案，那個乾脆的答案叫做「不一定」。曾經有阿嘉莎的朋友認為，只有凶手才是小說中最有趣的部分，但是我們一樣找得出，是被害人或偵探，更有價值的論點與作品。更何況，在阿嘉莎的例子中，有些證人、有些過客，同樣可能令人印象深刻，而頗具啟發性。如果只看陶品絲的婚戀，就導出阿嘉莎保守，因而忽略阿嘉莎將愛冒險、喜行動、有派頭、撩撥禁忌、且反抗性別苦悶等特性賦予陶品絲，所可能帶來的充權效應，及其對性別平權的貢獻。——這樣因小失大，我認為並不划算。類似的狀況，也出現在檢討阿嘉莎對種族主義與階級平等的聲浪中。很可能就是這樣的原因，導致《無盡的夜》（又譯《此夜綿綿》）是阿嘉莎以工人階級青年為敘述者一事，會特別被強調。雖然我也贊成指出這一點，但我想一再重申的仍然是，**應該以更整體的角度，而不是單一情節或個別人物，去理解推理小說中進行的創造**。

在先前的分析中，我特別側重分享我所讀到的，阿嘉莎小說中的性別政治——這有兩個原因。第一個原因是，阿嘉莎的小說提供了豐富的成果。第二個原因是，實際來看，就女性的處境來說，無論階級與種族，都會與性別纏繞相生。在《萬聖節派對》中，來自中歐的奧爾加，她既是在英國「不受歡迎的外國人」（種族），又是從事家務勞動與看護的職業女性（階級）——但上述兩者，都同時是高度性別化的種族與階級問題。不知我是否還需要強調一下，奧爾加類似英國社會中的「外勞外傭」。小說中老夫人將遺產留給奧爾加一節（因為不爆雷，所以此事真假暫時保留）——其實不無幾分烏托邦色彩，也不可能對排外的種族歧視者不構成打擊或反擊。我們必須非常小心一種盲點，彷彿只有在處理種族與階級問題，才有人類愛或社會關懷——視處理性別政治為較小範圍或較遠離社會公平的次要能力——說得更明白一點，性別經常就是女性的種族與階級，如果有種族與階級的歧視存在，在女性身上，很少會因為以種族或階級歧視妳了，因此在性別上就突變成平等主義者，特別不歧視妳。這種可能微乎其微，甚至不可能。

我也認為，阿嘉莎適宜以類似我試作的性別政治分析方法，更詳盡地一併討論她在種族平等與階級問題上的批判性態度——我們並不需要誇大地，視阿嘉莎的作品足以代替政治或歷史書寫。她重要的工作仍然是一個推理小說家。我們從她的作品可以學到的一件事或許是，如果推理小說是一個刺激智力、注重觀察以及致力恢復感情光譜多樣性的娛樂性文類，具有社會意識與批判力，即使以最最輕柔的方式使用它們，都會給美妙的閱讀經驗加分。

說阿嘉莎是好命人——如果是為了凸顯，曾在街頭討生活的美國推理小說家漢密特來自多麼底層，這或許還無可厚非。如果這是不自主地想要暗示，生活相對平穩的女性作家，不足以寫出具有代表我們經驗或進行深刻對話的作品，這或許也有小小修正的必要。經驗對作家很少是負面的資產，但我們也需要警惕無所不在的經驗論，是否作為性別歧視的替代：在一定程度上，女人很少當過兵、上過戰場、進妓院嫖的比例一般也難以與男性相提並論。如果以男性中心去思考經驗問題一直一直下去，不免要得出麻煩的結論：女人「缺乏的經驗」最後會是「她沒當男人的經驗」。而這會非常無聊。有趣的是，漢密特曾經服務的美國平克頓偵探社，在一八五六年時，曾有一位失去丈夫的寡婦前來應徵偵探工作，平克頓一開始的反應也是極度驚訝，回以業界一向沒有僱用女性的習慣，但在該名女性應徵者據理力爭之下，平克頓偵探社果真有了第一位女偵探[13]時，阿嘉莎還沒有出生呢。然而姑且不論這位女性第一偵探是不是果真是第一？是否還有比她更早就去敲偵探社之門的無名女性？這一類的「女性第一」，就像許多「女性第一」先驅事件，經常湮沒在歷史當中，如果她們的事蹟能再

13 此部分感謝臥斧的研究，欲知詳情，請自行伺機向該作者請教或追蹤作者文章。

次出土，與之後的女性逐漸進入溝通體系，在文化上掌權，應該還是不無關係。

我或多或少是個主張「傳記並非好辦法」的讀者。然而不能免俗地，我也會想知道自己喜歡作者的生平與軼事。只是我堅持盡可能謹慎，在「經歷什麼」與「寫什麼」兩者之間，最好不要太快下結論性的斷語。然而「阿嘉莎是好命人」這類轉述，有點過分甚囂塵上，我以為應當在概括性的描述之上，補充一點細節。阿嘉莎的確沒有在年少時就流落街頭，然而根據研究者所言，阿嘉莎由於在十一歲喪父，成長過程中，家庭始終有經濟壓力一節，應該並非虛偽。雖然從未正式就學，她去擔任志願護士與藥劑師助手時，顯然並非如她筆下也在醫護區的陶品絲那樣，只專注於從洗盤子的位子向上晉升，以及考慮是否要誘拐個將軍來結婚，她在那段時期，看來是相當專注於學習藥學知識，在她小說出版後，《英國藥理學期刊》還對阿嘉莎作品中藥物知識的準確度，加以稱讚。這是一個在寫作上，自學成功的女性作家。

一九二八年，母喪不久後的阿嘉莎，因為第一任丈夫外遇而離婚，兩年後即再婚。然而離婚前後，歷經不少身心折磨，最著名的是一起失蹤事件。因為英格蘭已成傷心地，她開始移情於東方城市如土耳其的伊斯坦堡。或許也是因禍得福——土耳其的推理女作家特別關注了阿嘉莎對這些前英國殖民地的書寫，她指出，過去的英國人對這些地區有兩種態度，一種是知道這些地區存在，但對其實況一無所知；另一種則是隨軍隊「拜訪」，「那非常不一樣……」。阿嘉莎至少是較早開始，以平民的身分，走看這些城市的眼睛。除去失蹤多日，幾被警方推論「慘遭殺害」的至今成謎事件，阿嘉莎外顯的生命經驗，很少屬於非常極端之列。或許寫了如此多本著作是性格最走極端的成績——光是一九三四年一年，她就出版了五本推理小說，其中還包括《東方快車謀殺案》。她本人最滿意的《無人生還》（又名《十個小黑人》、《童謠謀殺案》），在她四十九歲那年出版。六十歲後也幾乎維持一年一本這樣的出版量，直到一九七六年她離世。

「**智慧是一隻蝴蝶 不是隻陰鬱的猛禽**」——我想，愛爾蘭詩人葉慈的詩句，也適宜說明阿嘉莎．克莉斯蒂的小說藝術。

輯四

推理評論的可能性

推理評論到底該怎麼寫？
這一直是個不大不小的問題。

18 P·D·詹姆絲的《推理小說這樣讀》

雖然我並不認為P·D·詹姆絲最偉大，但我對她很敬愛。她的評論與她的小說一樣好看。雖然這本書有百分之五十的意見，我不完全同意，這卻是讓我願意毫無保留推薦給每一個人的書。

推理評論到底該怎麼寫？這一直是個不大不小的問題。存在三種我讀過而感到有遺憾的類型：第一種，我稱為**如數家珍型的**，瑣碎的程度，儘管可以滿足粉絲對偶像（推理類型）的情報蒐集癖，但卻缺乏足夠的心智刺激。

第二種，我稱為**借題發揮型的**。作者放任自己旁徵博引，給推理小說引申或加註其他人文標記，此種外延端看作者能耐，效果從極無趣到最有趣，不一而足，但缺點在於，給人一種醉翁之意不在酒的悵然，主客異位的狀態，也會給人推理小說撐不起場面的壞印象，彷彿不經一番化妝整容，這個類型本身分量不足，結果是——肥了作者，瘦了推理。

第三種，**內行門道型的**，這是三遺憾中遺憾最少的，往往出自對推理類型有一定信心與熱愛的作者。介紹推理作者的背景資料時，固然有所揀擇；引進雜談或感觸時，也知所節制，點到為止，卻能點石成金。但是或許寫作背景多半在推薦單一作者或作品，受限於不可爆雷的條件，常常必須大處著眼，大處著手。雖然能概括性的標舉作者與作品的特殊性，但是在負起推廣推理類型的功能同時，犧牲了將作品互相比較與針砭的評論益處。透過這類書寫，我們看到個別作者的成就與創新，但少能觸及一部作品的方法與缺陷——即使連部分的否定，往往也看不見。換言之，這是沒有批評的批評。

然而評論的藝術，恐怕是在肯定中的否定，以及否定中的肯定，兩種雙向律動的思考中，才能夠激盪出最多的火花。這是詹姆絲帶給我的心得，也是我認為《推理小說這樣讀》這本書的貢獻——它揭露了推理評論可以有的理想輪廓。

否定並不意味著非難與敵對，有時甚至連貶抑都稱不上。只是一種不同的意見與角度。有層次的否定，帶有雙重的認識能力，就是既能重現被評論物的內容，又能以不同觀點重新切入。有層次的否定，從整體觀之，可以說是有深度的肯定；沒有層次的肯定，同樣以整體觀之，它更像否定，當然也是沒有深度的否定。

節錄三段尤其精采的段落：

早在規畫布朗神父系列之前，卻斯特頓就寫過：「真正的驚悚，某方面來說都跟良知和意志有關，即使是一般驚悚小說也一樣。」這段話也是我的寫作信念，我或許沒有把它框起來或擺在桌上，卻永遠牢記在心中。（頁40）——這裡我們看到珍貴的推理小說傳承面向，在交棒與接棒之中遞交些什麼。

小說裡的榭爾絲可以說是知識傲慢，奈歐．馬許可以說是社會傲慢，而約瑟芬．鐵伊（……）則是階級傲慢，有些段落現在讀起來很難不覺得困窘可笑……。

（頁142）

克莉絲蒂心腸很硬，寫殺害兒童跟寫殺害勒索者一樣自然，而且還是早熟又不討喜的小孩。（頁84）

我尤其贊同關於鐵伊的部分。詹姆絲是個措詞婉轉的人，雖然她傾向以歷史背景或社會學角度提示我們，每一代推理小說家所受到的限制，但直言鐵伊帶有階級傲慢，這是相當犀利的。

說克莉斯蒂心腸很硬——這也實在說到我心坎裡了，老祖母原來才是真正的冷硬派——如果阿嘉莎被認為心腸很硬，這豈不與常見的人云亦云，阿嘉莎太田園與無害的形象背道而馳？詹姆絲事實上沒有很好地，完全從這個對阿嘉莎的刻板印象中掙脫開來，但是她給出了她的層次，她是非常會讀阿嘉莎的。一個鑽石級的讀者。詹姆絲的這本小史，俯拾皆是這種令讀者可以更進一步推敲的段落，而這也正是這本書的寶貴之處。

附錄

給十二星座的推理小說備忘錄

白羊座

善良招誰惹誰了？

白羊座是眾所周知的單純與善良。推理小說裡，這兩種特質位置最顯眼的，我首先就想到《砂之器》。為什麼樂善好施又正派的前警察，會遭人謀殺？單純與善良，不是不會與人結仇嗎？不只被害人看似一點都不複雜，除了做好事，別無所長，令警方傷透腦筋；小說中出現的幾個戀愛中的女性，個性也淳厚……。白羊座除了會對小說中一再出現的「善良人會遇到什麼麻煩」最有共鳴，小說中描寫了力爭上游背後的悲哀，也會使上進心，占人生重要位置的白羊，別有一番滋味在心頭。

金牛座

金錢真的很有影響力！還有愛……

推薦給金牛座的《火車》，原因還用說嗎！當然要與金錢有關！從頭到尾都有關！從你的父母、到你的子女，祖宗三代全部都與金錢有關！從海關到鬼門關，關關都不放過！但金錢不只涉及鈔票，也與理財以及金融制度有關。無論是信用卡問題，或是購買靈骨塔之類的情節，相信都可以深深抓住金牛座，可以投幣的心。小說裡關於故鄉、青梅竹馬感情的童年描述，我想也是戀舊與重感情的金牛，最能體會。腳踏實地的金牛座，應該會是這部財務災難小說的知音。

雙子座

惡作劇，可以不可以？

雙子座常有不受寵的童年經驗。而原因往往不是因為雙子座本身的問題，他們經常間接受害——有時是因為另一個手足不是親生，父母為了表示公正而矯枉過正；有時因為迷信或其他原因，以為雙子帶剋而迴避這個孩子——鬼靈精的雙子，雖然能夠不失去自信，但在人際關係的施與受，偷偷隱藏著極大的暴躁與傷心。這使得雙子對不公十分敏感，在討公道上，也會用上他們厲害的表演天分——心機與惡作劇是他們自我平衡的方式，但卻可能擦槍走火，扯到一般人不可碰的神經。《掩上她的臉》既寫出了雙子身上，別人看不見的、值得信賴的堅強與能力，也帶出了當雙子以自有方式，惡搞衝撞社會偏見時，最初與最終的悲劇。

巨蟹座

雖然憂鬱雖然憂鬱，但這世上仍有喜劇。

充滿泥土味與回到農村的《順水推舟》與巨蟹應該可以麻吉。這部小說讓我想到土地與月亮帶有永恆意味的黃色系。無論人物間的猜疑，或是導致破案的元素，都與保護弱小、以本色生活與安定這些概念息息相關。建立家庭是值得的嗎？該如何面對人生中，因為歲月與經歷，在人身上產生的變化？人生中應該要有多少安全感？想這些問題，是不是太多愁善感了呢？憂愁的開始，皆大歡喜的結尾。在獨立與依賴之辯中進行的故事，適宜讓容易憂鬱的巨蟹一展笑顏。

獅子座

教育就像太陽，像我照料大家。

帝王制已經不普遍了，什麼推理小說很獅子？我認為這部小說應該會與教育有關，獅子座是一個與教育關係特別深的星座。《骸骨花園》重複出現的主題是教育。現代社會中，教育大概是最花錢也最大方的禮物——也與獅子座看重的尊敬（一般是說面子）與抱負脫離不了關係。雖然教育給人機會、自尊與發展可能，但並不是絕對的。正面人物有獅子座的慷慨與積極，那是貧困卻不吝付出的愛爾蘭姑娘羅絲；獻給人類寶貴婦產科知識的歷史人物奧立佛·溫德爾·霍姆斯；另方面，當個人發展受到社會壓制，野心只能地下化成為虛榮的奴隸，這樣的謀殺動機，也帶有獅子座「沒有事業不如死」的痛苦黑暗面。

處女座

這一次，不能再反駁某人龜毛。

推薦《小姐不見了》給處女座，並不只是因為小說中的主角帶有淑女氣質。這個龜毛的女主角發現火車上少了一個乘客後，始終不放棄追尋真相與答案。除了細心，處女座負責到底與不怕得罪人的完美主義，在小說中，成了對陌生人命運也不隨便放過的任重道遠。極度理性、不容易打發，堅持證據與邏輯，在日常生活常令人受不了的處女座特性，在這部小說中，變得既有啟發，也有勵志成分。被處女座囉嗦得快發瘋？這本小說可以給我們一些不同的角度：神經兮兮與追根究抵的處女座，有時也是對的。讓我們慶幸他們有嚇人的服務精神吧！

天秤座

我的問題沒別的，只是拖……

咦，起始於色情殺人錄影帶的小說，難道不推給天蠍嗎？為什麼把《屠宰場之舞》給了一向乾乾淨淨，愛美又愛保持平衡的天秤座呢？原因就在於，我覺得這部小說寫得最好的，不在於性暴力，而是關於一個偶然間被漸漸拉進幫的次要角色——一開始這人對犯罪不知情，但卻受到犯罪人有格調與不落俗套的派頭吸引，他覺得拒絕性提議很失禮，再下去，猶豫不決以及天秤座的優雅，使他過起半邊犯罪半邊好公民的兩面生活。任何缺乏天秤圓滑與保養力的人，兩三下就會把這種複雜生活搞砸。但天秤可以在無盡的拖延與不知如何是好的態勢下，連根毛都沒亂。直到最血腥最墮落。溫和以及愛作伴，友善第一名的天秤，一旦交友不慎，就保不住了。該拿天秤怎麼辦？小說也有線索，天秤喜歡聊天。要是他早知道這不能當聊天的主題，他應該就不會陷下去了吧。惡棍，就像紳士，都是天秤要當心的誘惑。

天蠍座

別說善惡，我都包下來了。

天蠍座的關鍵字，我覺得是「深」。一般般的暴力或是一般般的謎題，就像一般般的人性與痛苦，他們都不會放在眼底。想來想去，大概只有像《眼中的獵物》這樣的主題與作品，才夠得上他們對毒與殘、恨與操縱的尖銳興趣。雖然這是一部講瘋狂的小說，但很驚人地，也講最有毅力與同情心的醫治良知。因為有知識，所以不輕易動搖。這也是很天蠍的。這裡既有看似無藥可救的人間慘狀，也有義無反顧的冷靜救人。真的是超冷靜耶。這部小說對病態心理，可以說是真的「視病如親」。就連最有洞悉力的天蠍，我想也很難猜到故事最後揭開的真相。最深的深淵是為你準備的，天蠍們，跳吧！

射手座

怎樣最快讀完最多？還有國際觀？

來到可愛的射手座。為什麼先說射手可愛呢？其實是因為我一直在兩部作品中舉棋不定。不知是哪一部才算最射手。那就兩部都說吧。一部是有最新國際感意味的《家鴨與野鴨的置物櫃》，一部是國家出版社的整套《希區考克小說選》。最早是水牛，最近是國家出版社出的這套小說選，書名很混亂，我也無能釐清。新版每一本書一個新書名。這是凡事喜歡來一點哲學思考的射手座，比較能享受的推理宇宙。這套書的神祕，多半有可以引申的省思空間。可以讓總是想著世界和平，或是人類處境的射手，滿足一下動動腦的需求。再來就是射手沒耐性，這套書全都是短篇小說，你／妳就別賴說你／妳太性急，沒法好好讀完一本推理啦。

魔羯座

關於折磨當飯吃，你／妳不該錯過

摩羯座會讀推理嗎？這還是摩羯嗎？容易絕望又有恆心的摩羯，我就推一個既有懺悔意味，又哀傷淒涼的《守護者注視下》——這是一個覺得自己即使看到女兒，也辨認不出是不是自己女兒的失職父親，一路追蹤根本不知道是不是自己女兒的奇怪故事。沒有啊，我發誓我絕沒有要指責哪個星座不負責任，或是不重視子女，尤其是摩羯，這不是無可指謫的一個星座嗎？放輕鬆吧。不但跟蹤者的一板一眼很魔羯，總是在看星座運勢的女孩，也給人一種辦事能力很強，但不易與人親近的摩羯氣氛。想要靠近人類，但又總是無法更靠近，這種孤獨，深深結合了工作狂，推理小說也是略知一二的。真的，這兩個人都好像不上班的公務員。

水瓶座

基本上，有規則可循的地方都受不了你／妳

不太想推東西給水瓶。推什麼給他們，他們都會打槍。水瓶總想告訴你／妳，她／他其實更怪異，更難搞。讓他們與某一本書結合在一起，常常聲明自己從來不典型的水瓶座，一定會把我煩死。所以我打算推給水瓶一本，一點都不水瓶的小說，這也是十二星座唯一得到這種特別待遇的星座。我推《理由》給水瓶。這部小說探討了血緣關係可不可以說沒就沒——自由可以多大——沒看之前，絕不知道書是前衛還是保守。網路上有人說，裡頭還有說到商事法，感覺好親切喔。所以就是把法律系怪人會喜歡的書，推給水瓶座了。怎樣！我就是要讓它——一開始就是一個錯誤！哼哼，不要以為只有水瓶才愛造反。

雙魚座

有點白痴的東西，十分適合你／妳

雙魚什麼時間沒有，逃避現實的時間一定有。該逃避，就逃避，這也不失為一種智慧。迷糊的雙魚會對跳來跳去的范達因，最為寬容。好看就好，誰管有沒有可能啊？《狗園殺人事件》——這種搞不清作者是博學還是唬爛，命案到底是特效還是花招，偵探究竟是天才還是白痴——連狗都不像地球狗的小說。只要有驚奇，夠好笑，雙魚，無論怎麼連聲大罵低級無聊，還是會笑得前仆後仰。所有其他人覺得絕無可能到，想找作者決鬥的情節，大概只有雙魚座會買帳。太容易被悲傷影響心情的本星座，比動腦還好的娛樂，應該就是像范達因這樣半瘋半狂的作品。

【寫在後面】

《晚間娛樂：推理不必入門書》使用手冊

01

我從來都沒打算在死後立有墓碑。但與若干神經兮兮的人相仿，我在空想虛擬的墓誌銘一事上，得到很大的樂趣。其中最常浮現我腦海，被我笑稱為「最愛墓誌銘」的一句話就是：**她熱愛推理小說**。

既然身為小說家，難免要面對這個問題：那麼愛，那妳自己為什麼不寫？事實上，我還真有幾次中斷推理小說寫作的經驗。一次是第二天預定要進入凶手的殺人心情了，但感覺那實在太嚇人了，突然不太願意吃這種「自己嚇自己」的苦——就擱下故事，跑去玩了。這一玩，就沒有再回頭來寫。另一次，寫著很順，但不知道為什麼，筆下有一個女孩子帶著一隻兔子出現——雖然這個安排並不壞，兔子似乎也不能更改成其他動物，但因為我本人從未養過兔子，這個突如其來的情節，使我有點不知所措（主要是兔子的部分）。最後，我除了開始津津有味地瀏覽「愛兔之家」的臉書以外，很快分了心去寫其他作品。認真想想，即使沒養過兔子，一定要寫，恐怕也是寫得下去，之所以沒有要求自己，有個可能，那就是，我與推理小說，始終是一種比較隨興又愉快的關係。那是我的幸福快樂時光。雖然沒有完成小說，但「也許有天會來寫推理喔」這個念頭，光是想想，就十分開心。如果真的寫完，原因恐怕不會是我有多會寫，而只是為了表示「我有多愛」——不過，一定要這樣，才能證明愛的存在嗎？我也許，也可以，只是默默地愛下去就好了嘛……。

這個無法「只是默默愛下去」的心情，突來造訪。二〇一四年，我花了大約一整年的時間，寫完長篇小說《永別書》。除了寫作，我幾乎剝奪了自己的一切。原本的想法是，就算廢耕休耕個兩三年不寫，也合情合理合人性——但我忽然覺得自己非常需要安慰：我非常想要回味，那些我生命中的愉快瞬間。

想想那些比較愉快的回憶呀！杜斯妥也夫斯基的《被侮辱與被損害者》中，大人這樣勸小女孩。但她反問道：「那我是要想什麼呀？」相比之下，我覺得自己非常幸運。——因為如果有人用同樣的話勉勵我，我是不會有「那我要想什麼」的困擾，我可以當機立斷地回答道：「喔！那我就來想想，我讀推理小說的快樂囉。」「愉快」一度是我非常想放進書名的兩個字，不過試著將它與幾個字眼排列後，總覺得，要不是聲音不太響亮，就是有被誤放到「房中術」的危險；最後在第三次泡澡沉思過後，終於選定了「晚間娛樂」這四個字。

古語有云：歡愉之情難工。儘管原始的動機，是想說明，究竟推理小說帶給了我哪些樂趣，然而關於快樂的說明書，畢竟還是不等同於快樂——源於對推理類型的深深喜愛，在開始寫作此書後，我也忍不住跟隨其他推理迷的腳步，想要看遍諸經典——比如說，號稱「連推理迷也難以閱讀」的奇書之首，《腦髓地獄》（夢野久作著），我也真的去讀了，發現真是名不虛傳，其浩瀚與離奇，令人傻眼。如此挑戰一般的閱讀慣性，執著於複雜意念與表現的作品，除了本身可觀之外，也為推理小說等同輕鬆易讀的休閒讀物，留下一個有趣的問號。那麼，這還是愉快的閱讀經驗嗎？我的回答是：是的，這仍令人極其愉快，因為愉快這種東西，也包括了挑戰困難所能帶來的喜悅。雖然我並沒有為像《腦髓地獄》這樣的奇書闢一章節介紹，但我仍希望在書末提及，若是各位自許為重度推理迷，這仍是一本盡可能不要錯過的作品。

雖然台灣已經有不少推理研究的先進與專書出版，我在寫作這本書之時，卻沒有進行太多參照，一部分的原因是，有許多我覺得有參考價值卻絕版的書，我始終無緣得見；另一部分的原因是，我並不覺得自己能在推理史與文獻整理一事上，做出太多特別的貢獻——我閱讀推理小說的習慣向來是，在圖書館即將閉館的最後幾分鐘中，匆匆將書從架上拿下，然後利用兩次工作段落的休息時間，以閱讀推理小說，來恢復元氣。說得更白一點，可能與許多讀者相類，我在選書上，並不能算非常有章法。

大抵來說，我相當喜歡「謀殺專賣店」的系列，這套書不能像百科全書一樣齊齊地列在圖書館內，經常使我懊惱。然而，這套書實在有點太出類拔萃了，秀異的程度，就如松本清張帶給我的感想類似。該怎麼說呢？大概就像打開電視點進綜藝節目，原本想要一點都不動腦地大大休息一番，但卻聽到來賓談起相對論或馬克斯——

更「糟」的是，還令人聽出興趣來——我在閱讀之後發現，這套書對我不但沒有鬆弛的效果，讀完後，人反而經常興奮地不像話。當然，也有幾本我讀不出味道的，現下當然不太有印象了。但是如《守護者注視下》或《小姐不見了》等諸作，光是回想，就令人無比歡暢。這個系列的獨特性，在於風格的多變——有讀者因為拿系列中的《謀殺我姑媽》與日系詭計相較，而憤怒到不可遏抑（唉，孩子，你真是太認真了……），很顯然這是對黑色幽默完全無感——並不是說人人都得樂於浸淫在黑色幽默中，畢竟黑色幽默與一般的幽默不太一樣——會那麼憤怒的讀者，要不是從頭到尾就沒被小說逗笑，就是即使被逗笑了也心有未甘——這種對類型的預期與被固定下來的心理，其實還滿常見的。

嚴格來說，「謀殺專賣店」的系列並不能稱為系列——因為在作品與作品之間，既沒有連續性，也沒有一致性——除了都可以用「推理小說」概括，但如此類類型型排開來——反而變成類不類、型不型，一本書就是一個新的風格小宇宙，此種不固定，很奇怪地，實在是對類型閱讀的一種顛覆，甚至擾亂。因為類型，從其內部觀之，竟然如此互不相像、各有天地。而類型寫作與閱讀的初衷，難道不是一種事先的保證，保證讀者萬變不離其宗嗎？某些讀者對推理小說與黑色幽默的合體「尤其不能接受」，除了使我注意到該「系列」固然是經典大全，但此集成方式，從某個角度，導致的閱讀習慣，卻從定於一尊或幾尊，變成真正兼採多家——不管這是偶然或意外，「讀類型，但並不類型地讀」——要求讀者不斷調整先前對類型的預設，接受迥異的風格與調性——就閱讀文化的養成，這已在無形中灌注求新求變的精神，無論此系列是否本本為推理顛峰之作，接受此系列的引導與入門，接受的，事實上是很類似現代藝術教育希望養成的東西：注重開放性與微差區別。

《親愛的，天黑以後再說吧》，就是這個「系列」中，最令我感念萬分的一部作品。我從作者風格上所得到的樂趣，基本上，與一本福克納或一本福樓拜並無不同，雖然討論過程中，我著重的還是它與其他作品對照後，所能「析出」的獨特成分，但基本上，作者文筆的高度風格化，更是這部作品令我一見傾心的因素——前面我說匆匆從書架上拿下來，其實說漏了，從拿下到決定借走中間，還是會先翻一翻，而這本書，是我一翻開就驚喊：我的天！——這種讚歎當然不可能是對情節或詭計，也不會是針對人物刻畫——一個作者怎麼使用一個句子，或許就像音樂家如何演奏一小節、甚至一個音——有個誇大的說法是，如果某某鋼琴家以同樣的感情力量演奏，那麼即使未來他彈得只是音階，我們也會熱淚盈眶。究竟作者湯普遜是否屬於懷才不遇的作家？這不在我研究範圍所及，目前就連要以中文譯本多讀幾部他的作品，都非屬易事。我之所以不厭其煩地寫下，閱讀這部小說的心得，基本的心態仍是最簡單不過的——「呷好到相哺」——湯普遜，他可以說，就是我的「音階作者」。

雖然我是那麼樣地推崇這個系列的價值，我卻並不完全照單全收，關於「日系作品較英美作品無可觀」的論點——倒也不是說，我很堅決的否定什麼。但為了親自驗證這論點，我認真地閱讀了若干日本推理小說，想要了解，這個論點究竟有多少真實性。在這個背景之下，我選擇精讀了《獄門島》與《怪人二十面向》，這兩部小說使我以完全不同的角度，重新思考了推理小說。我也閱讀了如坂口安吾的《安吾捕物帖》——那麼，究竟我是如何看待這個「英美好？還是日系好？」的古老爭論呢？我沒有非常絕對的答案。但是我倒是觀察到一個現象。我發現，日本推理小說的發展背景，或多或少是與日本社會內部「移風易俗」這個努力有關——那麼，即使寫作者意識到歐洲或說英美推理的發展歷史，在寫作時，一種向內對話的特質，或許會遠遠超過它向外溝通的意圖。──也許日本的某些推理小說，本來就不是要寫給日本社會之外的讀者看的──這種本國國民適用性，未必要視之為排外。或許還帶有保存日本本土文化之功，也不一定。

即使翻譯成多國語言的阿嘉莎．克莉斯蒂，雖然它的傳播範圍與速度，與英美語的使用人口不無關係，但在原始寫作計畫上，除了作者個人的抱負以外，主要回應的，看來也是英美社會中的讀者。法國除了寶愛西默儂，愛讀阿嘉莎，青睞某些在英美文壇沒有得到注意的英美語推理作家──還有一個值得記上一筆的特色。某一年的推理週，我抱著看熱鬧的心情去了一場新書發表會，作者是名女考古學家，也是法國推理小說的暢銷作者──現場歡慶一件事：推理小說家剛出版的小說，在暢銷排行榜上擊敗了當時人氣甚旺的右派總統薩克西的新作──無論作者與現場讀者，似乎都將這個銷售量，歸功於一種左派的勝利──推理小說是否除了娛樂功能以外，還負有凝聚共識與向心力的作用？沒有更深的研究，老實說，我是不得而知。但至少在推理週，或推理月的新書發表會這個範圍內，作者與讀者之間，眾人對這樣的「慶功」，極有默契──他們一起為這事歡呼與笑鬧──推理作者有信心，她的讀者中不會有右派的支持者——這種推理與左派政治的不分家，看在我一個外國人的眼裡，確實是場難以忘懷的法國風土現形記。

大體而言，我們經常傾向認為推理小說有利於無遠弗屆，翻譯成多國語言。然而，這個假設與思考向度，或許仍需要一番斟酌。從個別作者出發，被更多不同文化背景的人口閱讀，這完全看不出有什麼壞處；不過從文化的觀點來看，當交流更加頻繁，有可能導致兩種完全不同的結果：一種結果是，因為觀摩機會增多，作品水準更加提升；另一種可能的結果是，多所接觸，也使得因襲與複製便利——儘管不是嚴格意義上的抄襲，但推理小說有可能，也會變得越來越像。究竟推理小說會越來越好看，還是越來越相像？後者會不會導致推理的沒落？目前看來，危機尚未真正浮現。宮部美幸讀起來與P·D·詹姆斯，仍然非常不同，各自發掘出的議題與人性枷鎖，也還大相逕庭，各有深意。

02

在《晚間娛樂》中沒有細論的派瑞特斯基與松本清張，會描繪工會運作或健康檢查中暗藏手腳等階級相關議題。在工人文化與階級表述嚴重不均的現代社會中，值得更多的研究與傳承——但是派瑞特斯基的譯本多已絕版，松本清張向來已受一定的重視——如果能夠有更多的相關文本，無論分析與創作，我想，這仍是一個大有可為的研究領域。

同樣受苦於表述不均不足的，還有LGBTQ同志或跨性別族群。我一度在筆記上註記對這個向度的備忘，終因讀到的文本不夠多，或者各個作者表達這個主題的方式偏向散佚，我最後還是未能將各種零碎的記憶與貢獻，會合成可以成篇的文章。比如詹姆絲的《謀殺之心》結尾於非主線的一對女同志成婚，克莉斯蒂的《謀殺啟事》很早就寫了女同志，此外還有像一九五八年獲江戶川亂步獎的《濡濕的心》（多岐川恭著）是整個以女同志感情為經緯——抑或露絲．藍黛兒的《暗黑之湖》是否可以看做性別扮演的殘酷童話等——這些都屬於有些意思，值得深入，但暫時沒有找到適當形式納入書中的面向。卜洛克的雅賊系列，多少算是戮力寫了相當有趣有說服力的女同志角色——但是我先入為主地感覺，卜洛克的讀者與評者已眾，不知不覺遺漏了討論。——卜洛克的作品中，ＬＧＢＴＱ出場的頻率，應該可以算有現身出櫃政治的規模。——有可能整理出一個可以分享的性別平權與推理的共讀資源。

另一個引以為憾未深入的，則是台灣的推理小說——我的閱讀與了解太少了，也沒有方法——亂撞亂碰的結果，沒能碰到夠有意思的文本。我翻過一本從日文翻過來秋津信的《漂流者之夜》，文以載道的傾向強到令人頭痛——以推理形式寫政論未必不可，不過推理褪得只剩形式，讓我記憶很深——因為不太好的作品也有示範的作用，告訴我們走過的錯誤。記憶中有人談過鄭清文小說中的推理成分，但當時沒有記下出處，再找時始終找不到——我對鄭清文的推理魂印象，也十分良好，比如〈不良老人〉或是〈又是中秋〉——可以當作很高明的犯罪小說讀——就是推理成分薄了些。但鄭清文最可學的，是他寫情欲、戀愛、性，都非常有準頭——有志純文學的固然讀了有益，想要好好進攻類型文學的，讀鄭清文，也是一個助力——只寫詭計終是不行的，還是要對人的心靈與社會有敏感度才會「有趣」。

姚嘉文《台灣七色記》中的《青山記》，據說是以推理見長。但我始終沒讀過，也覺可惜——總覺得要讀一個當過考試院長的人寫的推理小說，感覺怪怪的——這當然是自己應該改進的偏見。如果考試院長也寫推理，這倒是給推理成風氣，不小的鼓舞才是。台語寫作裡面，胡長松的《復活的人》也值得參考——雖然會被歸為純文學，但是通俗小說的易讀性與懸疑也有可觀。雖然因為閱讀量太低與記憶不得法，我還是想舉一個我非常愛的作品，就是翁鬧（1910-1940）曾經連載於《台灣新民報》的〈港町〉（收錄於如果出版的《破曉集》）。翁鬧只活了三十歲，這大概是他最後一篇發表的作品——這是紮紮實實沒有純文學派頭，但完全不輸純文學的「娛樂小說」——各式底層、多種犯罪、身世離散——百分百的通俗劇元素與架構，但無論寫景寫物，都輕妙悠揚無以復加——看來他也是對犯罪與犯罪手法都下過些工夫的。他的早逝是最令人痛心的，如果他多活幾年寫下去，也許還會成為純文學與推理文學的雙冠王——拿到國際文壇上，翁鬧是一點都不輸人的。

純文學作家裡面，誠心誠意拿推理當回事，而使文學推陳出新——至少可以舉三個名字：以西班牙文寫作的羅貝托．博拉紐、以加泰隆尼亞文寫作的喬莫，卡布列、加上以匈牙利語寫作的彼得・納道詩——在推理魂上我覺得有著最純正黑暗的似乎是匈牙利作家——像桑多・馬芮的《餘燼》或《偽裝成獨白的愛情》——表面看平平只是愛欲之情仇故事——但是驚悚的效果，提高成為眾人歷史生活的人生謎團——這大概要稱為「龐大懸疑」或「暴龍懸疑」——因為跨度巨大。卡布列的作品還使我忍不住犯了規——因為急著想知道「真相」，一度熬不住地跳頁快翻——這可不是好習慣，只是用它來說，卡布列有多麼勾魂攝魄。

這幾個代表，共通的是，都展現了以推理調性書寫「另類世界史」的寬闊與複雜深度——那麼龐大的企圖，如果不能有一點推理小說鬆緊自如的功力，對作者或讀者，可能都會是件苦差事——會運用推理元素的文學作家，在文字上都有很高的易讀性——難倒讀者的可能是在結構問題上。加上還要調動不錯的記性，才能悠遊其中——這也是推理讀者最基本的強項。——記性壞的推理讀者應該很少——從推理劇集的彈幕就可窺得一二：君不見那看到一半忘記前情而提問者，有多快就會挨眾人罵：到底有沒有專心看啊！沒記性而讀推理小說就更難了——然而緊隨推理劇情，確實有些難度。

就連被認為最易懂的阿嘉莎．克莉斯蒂——改編成電影在大銀幕上映，終場之時，竟也還有觀眾搞不清楚誰是凶手！大概花錢買了票不甘心，不想糊里糊塗地就出場，找個外國人問又比較不丟臉——一個素昧平生的少女扯了我的衣袖就問：結果——到底誰是凶手啊？讓我又好氣又好笑——這少女也真是混，如此多的細節看得丟三落四。我一向對少女耐性最好，就一點一點幫她倒敘複習，後來圍了一小圈人——一對白髮蒼蒼的老夫婦，或也是溺愛外國人的心態吧，甚至熱心到舉手發問丟出如：「您看起來似乎有幾分內行，是否可以告訴我們，這部電影究竟是一個好的推理改編？或是壞的改編呢？」我也說得興起，解釋電影改動了那些，但如何改動仍然抓住原著的精神，可說是個好的改編。——在電影院裡解說阿嘉莎——後來令我建檔為，幸福的巴黎回憶一樁。

03

《晚間娛樂》這本書，原本是隨興地寫，最後還是編輯了一下，讓讀者不會感覺太混亂。第一部分，我把對推理小說的記憶都打散，以三個看似不十分重要的主題，重新憶起作品，這三個主題分別是「食物」、「與委託人見面」以及「推理小說的書中之書」。

第二部分，談了八個推理作家的八篇作品。起於羅斯・麥唐諾的《寒顫》（1963），終於吉姆・湯普遜的《親愛的，天黑以後再說吧》（1955）——不過並不是按年代排序。英文的維基百科關於湯普遜有段相當令人鼻酸的描述：「他過世之時，沒有一本他的作品在他的家鄉（美國）仍在印行」——這是另有所指的，因為他在法國的出版與銷售狀況明顯好很多。這個首先美國不愛法國愛的狀況，似乎有點類似福克納——然而過世之後的湯普遜，影響力不衰反盛，除了作品改編成電影以外，不乏推理小說家後進願意承認受他影響。最特殊的是，不少的音樂創作者持續向他致敬，甚至有某首曲子是「要寫給讀過湯普遜小說的讀者」——湯普遜成為一種文化象徵。

選書的主要考慮是避免重複帶出來的議題，希望盡可能談那些有打下基礎意味，但也可能還不夠被重視其作用性的作品——即使作家與作品名聲鼎沸，也還想深入地一探究竟，這樣的情形下就挑了：日本的**橫溝正史**（側重推理小說與歷史風土的關係）與**江戸川亂步**（側重推理小說與兒童文學的互惠）。——雖然如島田莊司、伊坂幸太郎、東野圭吾、宮部美幸、吉田修一、石田衣良、泡坂妻夫或綾辻行人……等，我也是讀的——但是這些作品緻密或獨特的程度似乎不若幾部經典值得玩味——閱讀的當下樂趣結束後，這些市場性相當不錯的作品，可以收穫的寫作啟發較少，在盡可能不爆雷的狀況下，可以延展出來討論的空間就相對有限。宮部美幸的議題性較強，我最推薦的是《理由》——至於松本清張，評論可以著眼點實在太多了，但一時三刻他還不至於被忽略，所以正文中就把他暫時放在一邊。對於從未接觸的讀者來說，我推薦《砂之器》、《松本清張短篇傑作選》（宮部美幸編）以及《絢爛的流離》——《砂之器》是因為是有代表性的長篇，傑作選可看他的多樣性，《絢爛的流離》則是一個他有系列性能力的示範。

《砂之器》我第一次讀的時候才十幾歲，除了殺人手法驚人以外，舉凡人情世故、情愛糾葛或社會批判部分，一點都沒讀到——尤其是情愛糾葛，完全沒在我心中留下印象。這是年齡真的可能會有影響的讀物——早熟的讀者（指很早就開始閱讀但未必有人生經驗）太早讀，也許會是損失——我很幸運地在成年後重新再讀——所以如果是年輕時讀清張，未曾屬意，我非常建議「重頭來過」——因為我第一個舉手自首，我曾經不識清張真面目——即便當時已經能喜愛許多文學名著，沒有一點人生經驗，並不會讀不下清張，但有可能會讀不到神髓。

除了日本的作家之外，聊表心意地讀了比利時出生法語寫作的西默農。至於美國女性推理小說鐵三角——莎拉．派瑞特斯基、蘇．葛拉夫頓與梅西，米勒——派瑞特斯基難度最高、葛拉夫頓文筆最好，米勒則最有小說感，挑了對米勒最有感覺的作品《女演員之死》討論。不過以娛樂來說，派瑞特斯基非常特殊，可以讀她的作品還認識她稱為「白領犯罪」的範疇，然而她為了打造一個底層階級認同的文學宇宙，太明顯的企圖，偶爾使得風格不太穩健，不過，如何能在派瑞特斯基留下的遺產與基礎下改進，將推理小說寫成一個有利於讀者健全社會感、不犧牲本身認同的文本，這仍是有意義的努力方向。葛拉夫頓厲害在於能寫——寫建築有寫建築的好，寫人物有人物的妙——情節與主題大勝她的作家，往往在「寫功」上遠不如她。如果要邊娛樂邊吸收寫作能力，葛拉夫頓提供的基本養分是大部分市面上的推理小說都未提供的。我的意思是，即使它不能教會讀者如何寫一流的推理小說，也會使人無形中擁有書寫能力，進而書寫任何你／妳想要書寫的東西。米勒的社會觀察深度不如派瑞特斯基，文筆稍遜葛拉夫頓，但是她在謀殺故事上的求新求變，使她留下有趣的作品——在性別問題上，她有時尖銳，有時不夠漂亮，但總是很堅定，就算不能靠她養成全能的女性主義者，也能時不時給讀者溫馨的提醒。她的作品有些我看了激賞，有些我看了頭昏——是早期具市場導向的系列化作品，但是定型化的狀態卻沒有後來其他的暢銷作嚴重。雖是毫不曖昧的通俗文學，偶爾冒出一點難扼抑的非通俗文學況味：某些詩意、某些氣氛。

再來，除了梅西．米勒，還談了英國的G·K·**卻斯特頓**和美國的**達許．漢密特**——對熟悉推理小說史的讀者來說，這兩位應是如雷貫耳到不需介紹——但我還是試著勾勒一個輪廓。

卻斯特頓是人文精神加上說故事好手的精緻組合——他想讓推理小說成為有遠見的文類，也在其中寄託了改善英國人英國中心主義思考陋習的企圖。

漢密特，這個福克納的朋友，是幾乎讓人難以置信的傳奇人物——他真的做過偵探，但一點也不氣定神閒。最糟的一個傳說，是他甚至可能面臨有人（警方？）出錢要他殺害工會份子——如果傳說屬實，漢密特認識的現實黑暗，就不是泛泛的人心黑暗或犯罪黑暗，執法機關或公權力的黑暗，他並不陌生。對他的讚譽說，漢密特是個天生的作家，他只是剛好寫了推理這個類型——所以也有人說，漢密特是廉價小說界的海明威——但不是他受海明威影響，而是海明威受了他影響。——但他們都受馬克．吐溫影響——在小說寫作一事上，用美國當地的口語，取代書面語——即便愛倫坡也還沒做到這一點。舊金山如今保有漢密特街，也有人提供以漢密特為中心的主題觀光。錢德勒等推廣冷硬派，對其他風格譏評不少，不知道這究竟是會為冷硬派贏來尊敬，還是會惹毛讀者。

後啟黑色電影的推理小說冷硬派，不無被讀成回歸「男人制伏女人這個古老性別鬥爭」傳統的可能——簡潔、寫實、暴力，我都不反對，但是恨女人或說厭女，沒什麼好。漢密特如果有重讀的價值，或許是他並沒有乍看那麼樣地男性沙文。這我一開始也是不知道的。但除了性別的這個分析角度，除了一些派頭與文風，它的內在精神也許才更重要：美國的冷硬派，首先是，把對抗虛無主義的絕對個人倫理問題帶進了類型小說——亦即，個人是無可依恃的，對道德規範與律法已心死。實在也沒有什麼原本的美好秩序可以回歸——頂多是個人殘存下來，自己支撐自己的那一點微物。借金庸小說的人物來比，就是近東邪西毒，遠南帝北丐。甚至有幾分李莫愁或四大惡人的調性。金庸奇情的寫法較好懂，自然也不如冷硬派的暗示性寫法來得深沉。

在漢密特的小說中，我還看到一種嚴肅的性愛小說型態。寫實或底層也包括了寫實與底層的性——這個部分漢密特寫得有深度，雖然表面看是一些花槍——也難怪電影愛拍，我實在不知道漢密特受尊敬或受歡迎，有多少是，把它讀成滿足男人虐待狂的整女人高手。然而我不是這麼讀的。描寫性事——這是另一個漢密特留給推理小說的遺產。在《父之罪》或《屠宰場之舞》中，卜洛克對性欲也有一定的探索，但寫得較明白易懂——也許從漢密特開始，可以找出一個「推理小說如何寫性」的星座圖。雖然電視影集看似走得很快：《幸福谷》中祖母級的女警與前夫上床就是解決生理或一時需求；《X檔案》女主角出演的《落網》，女探員邊工作邊高調挑床伴——不過這還是外在行動，性是更廣泛的東西。

這本書的第三部分，我只談一個推理作家——那就是**阿嘉莎・克莉斯蒂**。我並不認為去談論一個在銷售與改編上，都歷久不衰的作者，是一種錦上添花。至今我仍常從正式或非正式的言論中，得知克莉斯蒂所受到的低估——最常見的，就是說她只屬於「兒童與老太太」。但是，什麼時候「老嫗能解」竟成為一種貶詞了呢？或許閱讀阿嘉莎，不如祭出其他較不為人知的推理作家來得酷，但如果為了表面稱頭（面子問題？），而不能平心靜氣地讀阿嘉莎，我總覺得可惜。這就像放棄安徒生童話中的文學性一樣，是種損失。在閱讀一事上，想要顯得有男子氣概或知識份子氣概，或許才是最不必要的孩子氣。

不過，我之所以選擇討論克莉斯蒂小說的各個面向，倒不是只因為上述理由。我自己從閱讀阿嘉莎一事上，獲益良多——既包括閱讀推理的嗜好養成，也包括文學欣賞能力的擴大。對於已經是阿嘉莎迷的讀者，我想分享一些較冷門的讀書心得，包括她透過自封的女偵探陶品絲開創女性派頭一事，在她較輕盈的冒險故事中，具有的性別顛覆意涵；在我稱為「隱性文本」的段落中，看到阿嘉莎如何置入今日我們稱為性別培力或性別充權的前衛觀點——在不爆雷的狀況下，以《死亡不長眠》一部，略述阿嘉莎在「寫性」一事上的特殊性。雖然無法將阿嘉莎所有精采的貢獻一一詳解，但綜觀她一生的寫作軌跡，我認為注意她「如何站在本格與社會派交界處」一點，會是較有啟發的角度。至於還未開始閱讀阿嘉莎的讀者，四大類型的分類，希望可以讓讀者，以比較循序漸進的方式，一探阿嘉莎的遊樂園——並不一定要是推理小說的讀者才適讀，任何處於想要一點「晚間娛樂」的朋友，我希望這都是可以充作、代替今晚電視節目指南般的小幫手。

第四部分，只有一篇文章，這是關於P·D·詹姆絲的推理小說文評集的介紹。在阿嘉莎的後繼者中，她是其中之一的佼佼者。——在小說寫作一事上，她也是既不犧牲推理樂趣，也不輕忘社會責任的一員大將。尤其在社會觀察一事上，更注意「還在死角中的死角」的社會問題；以及如何盡可能公正地評論——在這兩件事上，她最有傳承阿嘉莎的味道在。美國晚近的幾個作者，在專題上往往功力甚深，比如醫學倫理（泰絲·格里森之於《貝納德的墮落》）；性侵犯與記憶（蘿拉·李普曼之於《記憶之牢》）；或是自閉症孩童家庭（茱蒂．皮考提之於《家規》）——在推理與議題結合上相當出色，但以閱讀來說，風格與文筆較單一簡化，不若詹姆絲來得有餘味——她的小說是就算推理的謎解開了，還會令人想重讀。《推理小說這樣讀》，寫得非常淺顯——在提取與呈現事物上，都用了小說家的搬演工夫。當作令人愉快的散文或是推理小史，都是上乘的晚間娛樂。

愛一些作品，就跟愛一個人與愛一些人，道理沒有很大不同：我們既要一再與其對話並保持傾聽，也要表達各種意見，或是對它或她或他——說些廢話。推理小說既有對死亡的懸念，也有對生活的信仰。謀殺故事告訴我們死亡是我們的一部分，但也以同樣強大的欲望，喚起我們，去生活所必須要有的點滴能力：重視細節、運用理性、了解不同背景的人的不同創傷與情感特殊性——它也告訴我們，要盡可能地保持自我、但也要與其他人建立關係與聯繫。

所有的故事都是時間的故事，它給我們時間。——那些我們原本所沒有的時間。

這本書不是關於推理，而是關於推理的樂趣，關於一個人在生命中曾經享受過什麼樣的樂趣，我希望為這樣的幸福留下一些痕跡——一度我曾有過這樣的習慣，一旦曾為什麼事感到高興，就在一本小手冊上蓋指印為記——對於我來說，推理小說值得大大的手印，並且絕不只一個——這於是，就是這本書了。

2016.06.03

九歌文庫 1240

晚間娛樂：推理不必入門書

作者　張亦絢
責任編輯　羅珊珊
創辦人　蔡文甫
發行人　蔡澤玉
出版發行　九歌出版社有限公司
臺北市105八德路3段12巷57弄40號
電話／02-25776564・傳真／02-25789205
郵政劃撥／0112295-1
九歌文學網　www.chiuko.com.tw
印刷　晨捷印製股份有限公司
法律顧問　龍躍天律師・蕭雄淋律師・董安丹律師
初版　2016年12月
定價　280元

書號　F1240
ISBN　978-986-450-097-0（平裝）
（缺頁、破損或裝訂錯誤，請寄回本公司更換）

國家圖書館出版品預行編目資料

晚間娛樂：推理不必入門書 / 張亦絢著.
-- 初版. -- 臺北市：九歌, 2016.12

面；　公分. --（九歌文庫；1240）

ISBN 978-986-450-097-0（平裝）

855　　　　105020701